ハーレクイン文庫

富豪の館

イヴォンヌ・ウィタル

泉 智子 訳

HARLEQUIN
BUNKO

ECHO IN THE VALLEY

by Yvonne Whittal

Published by Harlequin Japan, a Division of K.K. HarperCollins Japan, 2025

富豪の館

◆主要登場人物

アリソン・デュボア……………夫と別居中の妻。
ファーディ…………………………アリソンの息子。
レナード・サミュエルズ………ファーディの主治医。
ケイト・ファン・デル・ベル……アリソンの友人。
ライノ・ファン・デル・ベル……ケイトの夫。ワイン生産者。
ダーク・デュボア…………………アリソンの夫。葡萄園の経営者。
イヴェット・ポールソン…………ダークの女友達。
サロメ………………………………ダークの屋敷の使用人。

1

アリソンは、三歳の息子が上半身裸で横たわっている診察台からドクター・レナード・サミュエルズが離れると、不安で胸がどきどきするのを覚えた。サミュエルズはふさふさの眉を寄せて、ただならぬ表情を浮かべた。そして子供に服を着せるよう看護師に示すと、アリソンの腕を取って、検査室に隣接した診察室へ連れていき、会話がもれないように内扉を閉めた。アリソンは胸を張って相手と向き合ったものの、可憐な顔は蒼白でやつれていた。

「何ごとですか、ドクター・サミュエルズ?」アリソンの少しハスキーな声が、ますますかすれた。

彼のことはよく知っているので、その様子から見て、ことの重大さはいやでもわかる。ファーディはこの病院で生まれ、ここ二年は小児喘息でこの診察室を何度も訪れている。

「ファーディは少しもよくなっていない」アリソンの疑念をサミュエルズは裏づけた。

「きみの話を聞かなくてもわかる。ここ数カ月は、こうした発作が以前よりも頻繁に起きているはずだ」

アリソンの疲れた体に冷たいものが走った。彼の言うとおりだった。ファーディのベッド脇に座って、呼吸を楽にしてやるために処方薬を与える夜を何度過ごしたか。こんな状態をいつまでも続けていてはだめだと、彼女の母性がとっくに警告していた。

アリソンは震える指でハンドバッグのストラップを握りしめた。「どうしたらいいんです？」

「できることはひとつ」サミュエルズは険しい顔で言った。「あの子を沿岸から連れ出して内陸へ転地することだ。ファーディの喘息は大人になれば治る。でも、ケープタウンに住んでいるかぎりは無理だ」

「仕事を辞めて転地などできません」

アリソンが良識に逆らって言うと、サミュエルズの手が彼女の肩をつかんだ。

「きみは生活のために仕事の鬼となり、その苦労がようやく報われるようになったばかりなのはわかる。でも、わが子の体を大切に思うなら、今すぐ荷造りをして、あの子を沿岸から連れ出すべきだ」

「そんなに深刻な状態なのですか？」

だいぶ前から明白だったことを口にすると、サミュエルズは重々しくうなずいた。

内扉が開き、黒髪の幼子が看護師に連れられて診察室に入ってきたので、ふたりは会話をやめた。アリソンの硬い表情が和らぎ、優しい笑みを口元と目に浮かべて息子を見た。わたしにはこの子がすべて。自分が生きて、必死に働いているのもこの子のため。この子を失うようなことをしてはいけない。

「帰りましょう、ファーディ」そう言うと、親を信頼しきった小さな温かい手がアリソンの手を取った。

「何かあったら電話をくれれば往診に行くよ」

小声で言ってドアを開けてくれるサミュエルズに、アリソンは感謝の笑みを向けた。

「ありがとうございます」

エレベーターで一階へ行き、暖かい秋晴れの下に出るまでのあいだ、ファーディはずっとしゃべっていたが、アリソンはほとんど聞いていなかった。転地はしかたがないと懸命に自分に言い聞かせていたので、ファーディが小型のルノーの助手席に座るまで、息子がいつの間にか口を閉じて、母親の抑えた表情を見つめていたことに気づかなかった。

「ママ、どうして怒ってるの?」いつになくかすれた声でファーディが聞いた。グレーの目を大きく開いて、母の顔を探るように見ている。

ファーディが息をすると、ぜいぜいという音がかすかに聞こえたが、アリソンは心配そうな目になるのを抑えて首を横に振った。「怒っていないわよ」

「顔が怒ってるもん」ファーディはすねて言った。

「ああ、ファーディ」声がつまって泣いてしまいそうになり、アリソンは息子をしっかりと抱きしめた。その小さな細い体を抱きながら、目ににじむ涙をこらえた。「さあ帰りましょう」ようやく気を取り直して言った。「ミルクを温めてあげるわ。ゆうべ焼いたクッキーを食べていいわよ」

「ナッツが入ったのは?」母の抱擁から逃れ、シートベルトを締めてもらいながらファーディが尋ねた。

「どれでも好きなのを食べていいわ」アリソンは弱々しくほほえみながら車のキーをまわした。

北部郊外のフラットに着くまで、ふたりとも黙っていた。将来のことをくよくよ考えていては息子のためによくないと思い、そのあとアリソンはつとめて明るい顔を装った。だが、夜にファーディを寝かしつけ、そのまぶたが眠そうに垂れて、青白い頬にまつげが影を落とすのを見ていると、考えるのを抑えられなくなった。黒い巻き毛を額からそっと払ってやっても、ファーディは眠ったまま身じろぎもしない。その顔の造作を見ていると、いつもながら胸が痛む。この子は父親にそっくりだ。誰が見ても、ダーク・デュボアの息子だと疑うまい。彼と同じ真っ黒な髪とグレーの目をしている。

アリソンは重いため息をついてベッド脇の明かりを消すと、しばらく暗闇の中に座って息子の呼吸の音を聞いた。それから静かに立ち上がり、コーヒーをいれに行った。ようやく居間へ行き、そばのローテーブルにコーヒーを置いて座っているうち、将来よりも過去のことに思いを馳せていた。七歳で両親を亡くし、里親のもとをたらいまわしにされた。十八歳になって教育を終えたとき、両親の遺産が少しあることがわかった。通っていた秘書学校の二年分の授業料をなんとか払える額だった。生活費を稼ぐために週末も休暇もなく働かねばならなかったが、二十歳になって学校を卒業するころには、わずかな収入をしっかりと管理していたおかげで、そこそこの貯金ができていた。そのお金でぼろぼろのオースチンを格安で買い、自分への褒美としてケープの魅惑の地――ワインランドへ休暇に出かけた。

ダーク・デュボアと出会ったのは、パールの近くのバーグ渓谷だった。オースチンのファンベルトが切れ、故障した箇所を途方に暮れて見つめていたら、一台の四輪駆動車が道をそれて、少し先で止まった。ばかでかい男性が運転席から出てきて、大股で近寄ってくる。その瞬間から、彼はアリソンの存在そのものを脅かす人に見えた。刺すようなグレーの目に華奢な体を頭から爪先まで舐めるように見られて、体を品定めされているような気がした。それに、彼が発散している男らしさに恐怖に近い何かを感じて、震える思いだった。

「ダーク・デュボアだ」彼はぶっきらぼうに自己紹介し、ごつごつした大きな手でアリソンの手をさっと握ると、ボンネットを上げたオースチンのほうに目をやり、どこが悪いのかを見た。故障の具合を見極めると、アリソンの細い足首と形のいいふくらはぎに目を移した。そよ風がいたずらして、スカートのすそを恥ずかしい高さまで持ち上げている。

「ストッキングをはいていないのか？」

「え、ええ」ばかみたいに口ごもってしまい、じろじろ見られて顔が赤くなった。裸足(はだし)で谷に来るとは、何か罪でも犯してきたのかと思っているかのようだ。

「どこかにないか？」

「あります、スーツケースの中に」

「持ってきなさい」

とまどいながら彼の言うとおりにすると、十五分後には新しいストッキングが間に合わせのファンベルトとなった。アリソンはダークの四輪駆動車に伴走されてパールへの残りの道を走っていた。

パールではダークの友人宅に泊めてもらった。それから三週間で、彼の強烈な口説きにアリソンのもろい抵抗の壁は崩された。ダークは欲しいものを必ず手に入れる人で、彼女を求めていることを隠しもしなかった。アリソンもまた、ダークの地所――ボルドーで生産販売しているワインよりも彼の男らしさに惹(ひ)かれていた。そして必然的に彼と恋に落ち、もう取り返しのつかないほど夢中になって、出会いから一カ月で結婚してしまったのだ。

短い結婚生活の中で起こったことは考えるに耐えず、アリソンの心がそれを避けた。それよりも将来のことを考えなくては。ファーディと自分自身の将来を。あの子を沿岸から連れ出す場所として思いつくのは緑豊かな谷くらいだ。それなら空気もまだきれいだろう。でも、パールはだめだ。絶対に！　ステレンボッシュにしよう。ほどよい距離にある内陸で、ケープタウンにも近いから、ドクター・サミュエルズの診察を受ける必要ができても大丈夫だ。

彼女はその夜のうちに退職届を書いた。時間を無駄にはしていられない。だが、これほど書きづらい手紙はなかった。エンジニアリング会社に三年勤め、下っ端のタイピストから重役秘書にまでなれた。みんながわたしによくしてくれた。彼らをがっかりさせるのは忍びない。でも、この状況ではしかたがない。今はわが子の体が何よりも大事だ。奥歯を嚙(か)みしめながら決意し、手紙を封筒に入れて封をした。

翌朝、アリソンはファーディを幼稚園に送ってから職場に向かった。いつもの道なのに、今朝は気が重い。ボスよりも数分前にオフィスに出社し、彼のデスクマットの上に退職届を置いた。こうしておけば、彼が着いてすぐにこれを見つけるだろうし、あとで呼び出されても、なぜこんなふうに対面しなければならないのかと思わなくてすむ。

三十分後、広いデスクをはさんで向かいにいるアーサー・レニーは、白い顎ひげの下で顔をしかめているらしい。彼女の言葉少ない手紙を指で落ち着きなくたたいている。「これはなんだ、アリソン？　わたしたちの扱いがよくなかったというのか？」

「そうではないんです、ミスター・レニー、本当に申し訳ありません」アリソンは心苦しそうに言った。「息子の体のために内陸へ転地を勧められたので」

相手の眉間のしわがさっと消えた。「息子さんが慢性の喘息を患っていることは知っているが、そんなに深刻だとは気づかなかった」

「思っていた以上に悪くて」

しわを寄せていたアーサー・レニーの表情が和らぎ、細い体にこざっぱりしたグレーのスーツを着たアリソンの颯爽とした姿を眺めて言った。「きみがいなくなるのは残念だ」

「こちらでは本当にお世話になったので、辞めたくないのですが……」言葉を切り、どうしようもないという手ぶりをした。「ほかに選択肢がなくて。今は息子の体のことが第一ですから」

「向こうで仕事は見つかったのか？」

「いいえ。それで……」不安げに唇を噛んだ。「職探しをしたいので、今週は休ませてもらえたらと」

「この状況では、だめとは言えまい」

アリソンは心の中で息をついた。ここまで寛容な対応をしてもらえるとは思ってもいなかった。安堵で涙がこみ上げてくる。「ありがとうございます」

「気にしなくていい」アーサー・レニーは、有能な秘書を間もなく失うことになると知って、いらだっているはずなのに、軽くほほえんでくれた。

でも、ステレンボッシュでどこに滞在するかという問題がまだ残っている。ホテルは問題外だ。職探しで日中出かけているあいだ、ファーディの面倒を誰かに見てもらえる場所でないと。心当たりはケイト・デュヴァルだけだ。いえ、ケイト・ファン・デル・ベルだ。

アリソンは頭の中で急いで訂正した。ソリテールの地所でのことは、ふたりの共通の知人から聞いている。ケイトの父親が約二年前に他界し、その一カ月後にケイトは、父の地所の管理人でワイン生産者であるライノ・ファン・デル・ベルと結婚した。さまざまな思惑があっての結婚だろうと、当時アリソンは察していた。彼らはソリテールとその隣の地所――ラ・レーヌを継ぐために結婚を強いられたという噂があった。だが、結婚の理由はなんであれ、噂は間違いだったと証明されたようだ。アリソンへの情報提供者によると、ケイトとライノは、夫婦をさらにしっかりと結びつけてくれる幼い娘の存在によって、幸せな結婚生活を送っている。

アリソンはケイトが大好きだった。ふたりが二十歳のころ、アリソンはソリテールをたびたび訪問するのが楽しみだった。はつらつとしたケイトと一緒にいると元気をもらえた。だが、それは四年前の話だし、今でも歓迎してくれるかどうかわからない。

確かめる方法はひとつだけだ。その夜アリソンはファーディを寝かしつけ、眠ったことを確認すると、電話帳でソリテールの番号を探し、おじけづく前にダイヤルした。何秒かやきもきさせられたあと、女性の事務的な声が電話に出た。

「ケイト?」相手が誰なのか、不安でよくわからなくなっていたが、ケイトに間違いなさそうだと思い直し、ためらいがちに言った。「アリソンよ」

「アリソン?」一瞬、相手は驚いて言葉を失ったあと、〝本当なの?〟というように尋ねた。「アリソン・デュボア?」

その名前を呼ばれたのは久しぶりだ。ダークと別れてから旧姓のルソーをまた名乗っているので、久しぶりにアリソン・デュボアの名を聞いて背筋に妙な寒けが走った。法的にはまだダーク姓を名乗らなければならないのだが、いつまでも引きずるのは性分に合わなかった。こんな大事なときにこのことを思い出させられるのは、気持ちのいいものではない。

「そうよ」口が勝手に答えていた。

「まあ! 今までどこにいたの?」

アリソンは電話のコードをそわそわと指に巻きつけた。「ケープタウンで暮らしていたわ」

「どうして手紙で知らせてくれなかったの?」

「最初はそのつもりだったわ。でも、知らせないほうがいいと思ったの」この件で長電話はしたくないので単刀直入に言った。「ケイト、わたしがお願いごとをしたら、なんてひどい人間なんだと思う?」

「わたしで力になれることなら、なんでも言って」ケイトはためらいなく言った。以前の彼女と少しも変わっていない。

「二、三日泊まれる場所を探しているの」ひと呼吸置いてからいっきに言った。「息子と一緒に」

「息子って?」ケイトが叫んだ。電話線がぱちぱちと音をたてそうなほど好奇心をあらわにしている。

「それは会ったときに話すわ」ケイトから質問攻めに遭う前に、急いで言った。「ステレンボッシュか、もう少し遠くの内陸で仕事を探さないといけないの。それで、職探しに出かけているあいだ、ファーディを安心して置いておける場所が必要で」アリソンはひと息ついた。こんなふうにケイトに役目を押しつけるのは本意ではないが、息子のためにはしかたがない。「二、三日泊めてもらえないかしら?」

「すぐに部屋を用意させるわ。いつ来るの?」

「明日の朝早くにこちらを発つ予定よ」

「わかったわ」

「ありがとう」

アリソンはほっとして受話器を台に戻したが、胸の奥の不安はぬぐえなかった。スーツケースを取り出し、自分と息子の衣類を詰めることに専念しようとしたが、心は静まってくれない。もしダークが一度でも、わたしの体だけでなく心にも関心を示してくれていたら、事態はまったく違っていただろう。彼は受け取るだけで、何も返してはくれず、肉体的に親密になることは許しても、感情の面ではいつも肝心なものはしまい込んでいる感じだった。それさえ出してくれたら、もっと意思の疎通が図れたのに。

アリソンは目にかかる髪を払って、荷造りに集中しようとしたが、ダークのざらついた声が、暗い心の部屋から響いてくる。〝今この家から出ていったら、二度と戻ってくることは許されないと思え〟

あなたみたいに無情な人に支配されていては将来のことを考えるのも恐ろしい、わたしは出ていきますと、かっとしたはずみで言ったとき、少しも意に介していない彼は、釈明する代わりに最後通牒（つうちょう）を突きつけてきた。そしてアリソンは荷物をまとめ、身のまわりのものだけを持ってボルドーを去ったのだった。彼の子供を宿していることを告げないまま。

今になってなぜ過去のことをこんなに鮮明に思い出すのかしら。ワインランドへ戻る決意をしたことで、つらい思い出が堰（せき）を切ったように心からあふれ出してきたのかもしれないが、何にせよ、こんなことは耐えがたい。ずきずきするこめかみを指で押さえ、ステレンボッシュに居を構えようというのは間違っていないだろうかと考えた。ダークの地所があるパールに近すぎるのでは？　かといって、ほかに候補は思いつかない。ごつごつした山と深い谷のあるこの地方が好きだし、もっと北の他郡へ移ることは考えるのも耐えがたい。それに、わたしがステレンボッシュにいるのが彼にばれることもないだろう。

珍しく眠れない夜を過ごし、翌朝は早く起きて荷物を最終点検すると、朝食後すぐにケープタウンを発った。朝のこの時間帯は道が混んでいたが、都市を抜けてしまうと、落ち着いて田舎を楽しめるようになってきた。ファーディはおもちゃの車でしばらく遊んでいたが、三十分後にはそわそわしてきた。

「ぼくたち、どこへ行くの？」ファーディがそう聞くのは今朝から三度目だった。

アリソンは内心でため息をついた。「言ったでしょう、ソリテールに行くの」

「まだまだ遠い？」

「そんなに遠くないわ」アリソンはため息をつき、日差しの降り注ぐ曲がりくねった田舎道に集中しようとした。「横になって、少しお昼寝をしたら？」

「眠くないもん」ファーディは頑固に言い張った。「おなかがすいた」

「足元の缶の中にクッキーがあるわ」出がけに思い出して食べ物を持ってきてよかった。これでファーディを静かにさせて、安心して運転ができる。

ステレンボッシュのオークの並木道を通ると、昔の建築物が今も保存されていて、アリソンは感心した。だが、車を止めて周囲をよく見ることはせず、町を走り抜けた。十五分ほどのちにはソリテールの立派な門をくぐり、地所に入っていた。雲ひとつない青空にくっきりと浮かんだゴシック様式の切妻屋根を持つ、歴史的な家屋敷が近づいてくる。

陰を作っているオークの木の下にルノーを止めてアリソンたちが降りるやいなや、ケイトが屋敷から出てきて、元気よく歩いてきた。すらりと背が高く、銀色がかったブロンドの髪が肩にふんわりとかかっている姿は、四年前に最後に会ったときと少しも変わっていない。だが近くに来ると、サファイアブルーの瞳に、以前はなかった輝きと安らぎが宿っているのがわかった。

「アリソン、また会えてよかった！」ケイトが叫ぶ。

ふたりは抱き合い、ほほえみを交わした。

「三年以上……ほぼ四年ぶりよね」アリソンが言う。

ふたりはお互いの姿を眺めた。

そしてケイトは、黙ってグレーの大きな目でふたりの様子を見つめている少年のほうへ視線を移した。

「こちらは？」ケイトは笑顔で問いかけた。

「ファーディよ」アリソンは紹介し、息子の肩を少し前に押した。「ケイトおばさんに挨拶して」

三歳半にしては大人っぽいしぐさでファーディは礼儀正しく手を差し出し、ケイトがその手を取った。そしてふたりはありきたりの挨拶を交わしたが、アリソンは聞いていなかった。ファーディを見つめているケイトの目に奇妙な光が浮かんでいるのが気になったのだ。

「使用人に荷物を運ばせるわ」ケイトはようやくそう言うと、アリソンと腕を組み、ファーディの手を取って屋敷の中へ彼らを導き入れた。

広い居間でお茶が出された。背の高い古風な窓があり、アンティークとモダンな家具が取りまぜて置かれている。ここはアリソンが大好きな部屋だったが、今は緊張のあまり建築美に感嘆している余裕はなかった。天井の太い木の梁にもいつも魅せられたものだが、今はまわりのものに興味を持つ気にはなれない。ファーディが庭へ遊びに出ていって、ようやく緊張が少し解けた。

「ダークの子なのね」

「ええ、そうよ」

「ダークはそれを知っているの？」

「彼には話していないわ」

「アリソン……」ケイトは言葉を切った。どう言っていいかわからない様子だ。そして細い手を表現力豊かに動かして言った。「どうして？」

「彼とはうまくいっていなかったからよ」短く言った。あのことを話す気にはまだなれない。それほどつらい思いをさせられたできごとだったのだ。

「あなたは彼を死ぬほど愛していたじゃないの」

「そこが問題だったのよ」苦い思いがアリソンの目を曇らせ、唇をゆがませた。「わたしは彼を愛していたけど、彼はわたしを愛してはいなかった」

ケイトは面食らった様子だった。「彼はあなたに夢中なのかと思っていたけど」

「彼はわたしが欲しかったのよ、ケイト。でも、愛していると言ってくれたことは一度もないわ」自分の不満のもとを声に出して言った。「それに、イヴェット・ポールソンがいたし」

「ああ」ケイトはぼそりと言った。「ステレンボッシュのワイナリーの監督をしている人の娘さんね」

「そうよ」

ふたりのあいだにあるローテーブルに飾られた晩秋の薔薇(ばら)のかぐわしい香りが空気を満たしている。その香りがボルドーでダークと暮らした数カ月を思い出させて、胸が締めつけられる。

「イヴェットがボルドーを定期的に訪れていたのは知っているわ。今もそうよ」ダークの地所での様子をケイトがうっかりもらした。「でも、ふたりのあいだには何もないんでしよう?」

「彼女はいつもダークにじゃれついて、彼はそれを拒否しなかったの」アリソンはうんざりしたように言った。「そのせいでわたしたちはうまくいっていなくて、ある日、大喧嘩をしたの。妊娠を確かめるために病院へ行ったのは翌日だった。その午後、帰宅してダークに妊娠を報告する前に、よく考えたわ。それで、わたしにも悪いところがあったのではないかと思い直したの。でも、ボルドーに着いてみると、ダークは書斎でイヴェットと一緒にいた。例によって彼女はダークにじゃれついていて、わたしがその様子を見つめているのに気づいても、彼はイヴェットを押しのけようともしなかった」

「あなたが家を出たのはそのとき?」

「また別の喧嘩のあとよ」アリソンはうなずいた。

「彼はあなたを引き留めようとしなかったの?」

「ええ」アリソンはそのことを思い出し、内心で顔をしかめた。「ボルドーを去るなら、二度と戻ってこられると思うなと言ったわ」

「仕事を探すと電話で言っていたわね」

ケイトが話題を変えたので、アリソンはまた別の説明を始めた。

「ファーディが喘息を患っていて、沿岸から連れ出すように医者から言われたの。すぐに思いついたのが、ここステレンボッシュのイールスタ渓谷だった。いつも空気がきれいだったと思って」

ケイトが心配そうな顔で言った。「ダークがファーディのことを知ったらどうするの？」

「ばったり会うこともないでしょう」アリソンは一蹴した。「それに、わたしは旧姓のルソーを使っているし、この先も使い続けるから」

「職探しはいつから始めるの？」

「今日の午後から」アリソンの灰緑色の目が不安を映し出した。「出かけているあいだ、ファーディを見ておいてもらってかまわない？」

「もちろんよ」ケイトはすぐさま請け合った。「エロイーズの仲間になってもらうわ」

昼食の席でエロイーズに会った。まるまる太った一歳三カ月の女の子で、ケイトとライノのあいだのハイチェアに座り、おおいにファーディの気を引いていた。父親似のつぶらな黒い目と母親似の銀白色の髪という、珍しい取り合わせの容姿を持っている。ライノはアリソンの予想とはまったく違った人だった。活発で気性の激しいケイトなら、自分のほうが引っぱっていけるような影の薄い人を結婚相手に選ぶだろうと思っていた。だが、ライノはどう見てもその範疇に入らない。長身で浅黒くて細身、凛々しいのを通り越して厳しいくらいの容姿で、女性の意のままに操られるタイプではない。だが、ケイトとエロイーズへのふるまい方の中には優しさがある。アリソンは彼のことがすぐに好きになった。向こうもそう思ってくれているらしい。だが、アリソンに対する非難めいたものも彼の態度には感じられた。

それはのちに明らかになった。その午後、実りのない一日を終えて町からソリテールに帰り着いたときのことだった。午後の暖かなテラスにお茶が用意されていたが、ライノだけがそこにいて、ひとりでお茶を注いで飲んでいた。

「少しでもふたりになれてよかったよ、アリソン」アリソンが同席すると、彼は顔をしかめて言った。

攻撃は最大の防御だとアリソンは開き直って言った。「わたしをよく思っていないのね、ライノ？」

「きみのしたことに賛成できない」彼は遠慮なしに手厳しく言った。「もしダークが自分に三歳の息子がいることを今になって知ったら、どんな反応をするか想像できるだろう？」

「ええ、できるわ」短い結婚生活の中で一度だけ目にしたあの激怒のしかたを思い出して身が震えた。「彼に知らせるつもり？」そう尋ねて固唾をのんだ。

「それはきみの仕事だ」ライノは無情に突き放した。「だが、ぼくがこの隠蔽に加担したら、彼はあとでぼくを心底恨むだろうね」

そこまでは考えておらず、罪悪感がこみ上げる。「ここに来るべきではなかったわね。今、気づいたわ」

ライノはカップを置いた。アリソンの肩に置かれた手には優しさがこもっている。「アリソン、きみがここにいてくれるのはうれしいんだよ。でも、ダークにファーディのことを言わなければだめだ」

「どうして?」苦々しげに言った。「知らせたりしたら、彼にファーディを取られてしまうわ」

「ダークは、そんなことはしないさ」

「そうかしら?」アリソンは口をゆがめた。「あなたはどれくらい彼を知っているというの?」

その発言のあと深い沈黙が流れ、ふたりともケイトがテラスに出てきた足音に気づかなかった。

ケイトはアリソンの苦悶(くもん)の表情をちらりと見るや、夫に非難の目を向けた。「アリソンを悩ませているのね?」にわかに言った。

「そうなんだ」ライノはため息をつき、口元に悲しげな笑みを浮かべて、目の前の女性ふたりを見渡した。「でも、悪気はなかったんだ。アリソンがそれを信じてくれることを願うよ」

「信じるわ」アリソンはすぐさま言った。それは本心だ。「ファーディのことをダークに知らせるべきだとは思う。でも、こんなに遅くなるまで放っておいたし、彼は今それを知らなくてもたいして傷つきはしないけど、もし彼が知ったら、傷つくのはまたわたしのほうだという気がするの」

ライノはうなずいたが、同意した様子ではなかった。それからお茶を飲み干すと、場を辞した。

「職探しは何か収穫があった？」ふたりきりになるとケイトはそう尋ねて、ふたり分のお茶を注いだ。

「何もなしよ」アリソンはため息をついて顔をしかめた。「空きのある仕事はお給料が安すぎて、わたしひとり分の生活費にもならないの。望み薄の会社にも、万が一でいくつか行ってみたわ。でも、お給料はいいけど、空きが出るのが一カ月か二カ月先なの。そんなに長くは待てないもの」

「どうするの？」ケイトが心配そうに尋ねた。

「ステレンボッシュは忘れて、もっと北のウスターまで行かないといけなそうね」再びため息をついて言い足したが、その声には絶望がにじんでいた。「そこなら何か見つかるかも」

ソリテールの円形の私道に埃(ほこり)まみれの四輪駆動車が砂利を踏む音をたてて入ってきたが、ふたりとも気に留めていなかった。オークの木陰にそれが止まってようやく、ふたりはそちらのほうを見やった。

「しまったわ！」恐ろしいほど大きな体をした、見慣れた男性が車から出てきて、ケイトは腹立たしげに叫んだ。「ダークがたまにふらりとライノを訪ねてくることを、あなたに忠告しておくべきだったわ。見つからないように中へ入るのはもう無理ね」

アリソンは動きたくても動けそうになかった。顔は椅子の後ろの漆喰(しっくい)壁のように白くなり、脚がしびれて椅子に貼りついたようになったまま、長身の男性が近づいてくるのを見ていた。

ついにふたりが向かい合ったとき、彼が体の両脇でさっと握りしめたこぶしにひどく力が入っているのがよくわかった。こちらに向けられたグレーの目は冷たく、とくに興味もなさそうで、それがなぜかアリソンの癇(かん)に障った。胸がむかつくような恐怖が襲ってきて、彼女は椅子の肘掛けを握りしめた。

2

「やあ、アリソン」ダークが穏やかに言った。聞き慣れた低い声が、ぴりぴりした神経の端々に響いてくる。「久しぶりだな」

「ええ」アリソンはかすれた声しか出ず、カーキ色のパンツとサファリジャケットを身につけた彼の大きな体を、びっくりした目で見た。

以前とあまり変わっていないわね。そのつもりはないのに彼をじっと見て、そう思った。こめかみに若白髪が交じったくらいだ。だが、よく見ると、この数年でだいぶ痩せたのがわかった。体は元気そうだが、日焼けした頬には以前はなかったくぼみができ、広い肩から腰にかけても、すぼまって見える。

「お茶はいかが、ダーク？」支配的な彼の存在が作り出した気まずい沈黙をどうにかしようと、ケイトが再び口を開いた。

そのとき、ダークも同じようにじっとこちらを見ていることに、アリソンはふと気づいた。

「今はいいよ。ありがとう」彼はケイトの申し出を断った。手の震えを隠すために椅子の肘掛けを握っているアリソンから目を離さずにいる。「このソリテールで何をしているんだい、アリソン？」

彼に再会したショックが舞い戻ってきて、息がつまるほどの恐怖に襲われ、どうすることもできない。とにかく今思いつくのは、なんとかしてファーディを彼に会わせないようにすることだけだ。

「アリソンはステレンボッシュで仕事があって、うちに数日間泊まっているのよ」アリソンに気を落ち着かせる時間を与えるため、ケイトが急場を助けた。

「彼女は自分で話せるだろう」彼が辛辣に言った。

ケイトもかっとして応酬しようとしているのを見て、アリソンはあいだに入った。「いいのよ、ケイト」急いで言った。そう遠くないところから子供の笑い声が聞こえてきて、お願い、とアリソンは友人に目で合図した。

ケイトは緊急事態を察したが、行動に移る前に、青いショートパンツとセーターを着た少年がテラスに出てきた。

「ママ、見て！　こんなのを見つけたよ！」ファーディが興奮した声で叫んで駆けてきた。

アリソンは無駄とわかりつつ、息子をつかまえて逃げようと、よろよろと立ち上がったが、手遅れだった。ファーディがテラスに出てきたとたんにダークの無情な目がそちらに向けられた。険しく引き結ばれた口がたくさんのことを語っている。

「まあ、かわいいわね」アリソンはどうにか自然に見えるしぐさでかがみ込み、ファーディが小さな手でそっと持っている、ふわふわの黄色いひよこを見た。「見つけた場所に戻してあげなさい」

「そうしなきゃだめ？」息子ががっかりして言った。

「だめよ」ダークの視線がこちらに注がれて、子供の顔の造作をひとつひとつ見ているのを意識しながら、アリソンは静かに言った。

「わかった」不満そうな顔のファーディをケイトがそっと連れていった。

残ったふたりは、日の降り注ぐテラスで、黙りこくって顔を突き合わせていた。

「あの子はぼくの子だな！」ぴりぴりした沈黙を、かすれた声がついに破った。彼の目の中にある激しい怒りが、熱い剣のようにアリソンを突き刺した。

「どうして自分の子だと思うの？」恐怖と絶望のあまり、なんとかごまかしてこの危険な状況から逃げ出そうとしたが、無駄なことはわかっていた。

「ぼくの子だ！」ダークが怒鳴った。大きな手が万力のようにアリソンの肩をつかみ、首が折れるのではないかと思うほど激しく揺さぶった。「ぼくの目は節穴ではない！　嘘(うそ)をつくな！」

「手を離して」ようやくしゃべる機会を与えられると、アリソンはあえぎながら言った。

だが、ダークは彼女を解放せず、手を喉元にずらして力強い指で喉を押さえた。「きみを殺せるんだぞ」歯の隙間からささやく。

彼の顔がゆがんで残忍な仮面のようになり、アリソンは震え上がった。あまりの恐怖に、彼の指が喉元をうまく押さえて声が出ないようにしていなければ、叫んでいるところだった。

「ダーク……やめて！」アリソンは苦しい息の下で、ようやく言った。恐ろしい暗闇の中に落ちていきそうになり、彼の力強い手首を必死でつかむと、ダークはすぐさま彼女を解放した。その唇は不満げで、嫌悪と怒りの入りまじった表情を浮かべている。

「なぜ教えてくれなかった？」彼はふらふらで立っているアリソンを無情にも問いつめた。「ぼくが父親になることを告げもせずに去ったのはなぜだ？」

「わたしたちの結婚生活は終わっていたからよ」アリソンは籐の椅子をなんとかつかんで体を支え、呼吸と気持ちを落ち着けようとした。「ファーディのためだけに、一緒にいたくはなかったの」

「ファーディ？」彼はその名前に食いつき、アリソンのそばに立ちはだかった。「ファーディナンドと名づけたのか？」

解放されてもなお彼の手の恐ろしい感触が喉元に残っていて、アリソンは不安げにつばをのみ込んだ。「ダーク・ファーディナンドと名づけたわ……あなたの名前を取って」

「驚いたな。名前だけはそんなふうに礼儀をわきまえて、ぼくが父親と認めるわけだ」ダークは唸るように言うと、気を取り直したのか、恐ろしく残忍な仮面は消えて、いつもの険しい顔に戻った。「今までどこで暮らしていた?」

「ケープタウンよ」

「ソリテールで何をしている?」

「仕事を探しているの」ごまかしても無駄だと悟り、小さな声で白状した。続きはひとりでに口から出た。「ファーディが喘息を患っていて、沿岸から連れ出すように医者から言われたの」

息子が病気と聞いても、彼の表情は和らがなかった。「雇ってくれるところは見つかったのか?」

「いいえ」アリソンはため息が出るのを抑えた。もう負けだという表情を隠すために頭を垂れていると、焦げ茶色の髪が太陽の熱を受けて暑い。「まだよ」

「ボルドーに空きポストがある」長く張りつめた沈黙のあと、ダークは言った。

アリソンはさっと頭を上げ、灰緑色の目でいぶかしそうに彼の目を見た。「わたしがあなたのもとに戻りたいと思う?」

「ぼくのもとに戻れとは言った覚えはない」

そう言われて、アリソンは頬が熱くなった。

「空きポストがあると言ったんだ。うちの地所にも広報係が必要で、ぼくの友人や仕事関係の人々をもてなす際、ぼくの女主人役を務めてくれる人を探している。ぼくのアシスタントが妻帯者になったので、彼らのためにぼくが家を建てて、そちらに移ってもらった。それで旧館のフラットがもう数カ月も空いたままなので、きみはそこへすぐに移るといい」

彼のもとで働くと思うだけで身が縮み、アリソンは硬い口調で断った。「いいえ、けっこうよ」

「ぼくがきみなら、そんなに急いで断ったりしないね」ダークは不気味な口調で静かに警告した。「一週間待つから、そのあいだに検討するといい」

「今、お答えできるわ。さっきと同じ答えよ」目におびえが浮かぶのを隠して、彼の刺すような視線の攻撃に立ち向かった。「お断りします」

「考え直したほうがいいぞ、アリソン」ダークは再び警告し、残忍に唇をゆがめて、脅すように一歩近寄った。「ぼくに息子がいるとわかった以上は、自分のものにするつもりだ。ぼくの提案を検討もせずに断るのなら、この場でファーディを奪い取って、きみを地獄へ送ってもいいんだぞ！」

アリソンは蒼白(そうはく)になり、初めて見る人のように彼を見上げた。彼の優しさと思いやりの深いところが好きだった。だが、今は残忍性が解き放たれている。

「あなたは鬼よ！」

「なんとでも呼んでくれ。息子には彼の居場所であるボルドーにいてもらう」

さらなる条件を突きつけてくる彼の低い声が、アリソンの繊細な神経を逆撫で（さかなで）していく。

「きみがした仕打ちに比べたら、ぼくのほうが筋は通っている。きみに選択肢を与えたし、考える時間を一週間与えた。ぼくが提供した仕事に就けば、きみはあの子と一緒にいられる。断ってもいいが、二度と彼には会えなくなるだけだ」

「ファーディは、わたしの子よ！」

「ぼくの息子でもある。ぼくには権利があることをもう否定はできない」ダークは憎らしいほど落ち着いた声で言い返すと、手帳とペンをアリソンに突き出した。「ケープタウンのきみの住所を書くんだ」

「いやよ！」アリソンは叫んだ。唯一残された逃げ道が閉ざされるとは思いたくない。

「書け！」ダークは怒鳴って、彼女のそばにそびえ立った。

気づくとアリソンはぼんやりと彼に従っていた。

彼女が言われたとおりにすると、ダークは手帳を取り上げて書かれた内容を確認した。

「正しい住所を書いたほうがいいぞ、アリソン。今日帰る前に、きみの車の登録ナンバーを安全策として控えておく。もしきみが嘘を教えたとわかったら、ナンバーから追跡するからな」

ダークの手がアリソンの手首をつかみ、彼女を自分のそばに立ち上がらせた。柔らかな肌に彼の指が食い込む。

「ぼくから逃げようとしてみろ、アリソン。そうしたらきみはぼくが与えた選択肢も失うことになる」

彼のそばにいると、今は思い出すのも耐えられないさまざまな記憶がよみがえってくる。男性的なコロンと彼に染み込んだ太陽の香りが混ざって懐かしさをかき立て、手足が震えてくる。自分の弱さがほとほといやになる。

「卑劣な人ね、ダーク・デュボア！」彼女は怒りをぶちまけ、身をねじって彼から逃れた。脈拍を乱れさせる力をいまだに持っている、悪魔のような男から。

「来週中に返事をくれ」ダークはそれだけ言うと、手帳とペンをポケットにしまい、身を翻して去った。

アリソンは彼が車のナンバーを控えているかどうか確かめに行きたかった。だが、とにかく逃げたくて家の中に駆け込み、広い廊下であやうくケイトとぶつかりそうになった。

「どうしたの？」ケイトは心配そうに尋ね、アリソンを撫でて落ち着かせると、居間に連れていった。

「ダークがボルドーの広報係の仕事を持ちかけてきたの。仕事関係の人々の女主人役を務めてくれと」

吐き捨てるように言うアリソンをケイトはソファに座らせ、自分もその隣に座った。

「旧館のフラットが空いているから、ファーディとわたしはそこに住めばいいって」

「それを受け入れるの？」

アリソンの目があきらめを映し出した。「断ったら、ファーディを失うことになるの」

「彼があなたからファーディを取り上げるということ？」信じがたいという面持ちでケイトが尋ねた。

アリソンはうなずき、手を頭に伸ばして顔から髪を払った。「考える時間を一週間与えられたわ」

「多少の選択肢は与えてやったというわけね！」ケイトのサファイアブルーの目が怒りで光っている。

「どうしたらいいかわからない」アリソンはうめいた。どうしようもないと誰かから宣告されたようで、首に輪をかけられて締められている気がする。

「ボルドーに戻るしかなさそうね――子供と自分のために」ケイトは八方ふさがりの状況を見て取って、観念したようにつぶやいた。

「彼の提案を受け入れたら、わたしの人生はどうなると思う？」アリソンはつらそうに言い、悔しさをにじませた目でケイトの目を見た。「生き地獄になるのよ。だけど、ファーディがいない人生は何千倍もつらいとわかっているし」

「助けてあげられたらいいのに」

ケイトが心からそう思ってくれているのがわかり、アリソンはおおいに慰められた。それで泣けてきて、あわてでまばたきで涙を抑えながら立ち上がった。「ファーディがどうしているか見てきたら、荷物をまとめるわ。明日の朝早くに発ちたいから」

ステレンボッシュへ出かけてからの一週間は、まるで悪夢のような生活だった。ダークの提案を受け入れるか、ファーディも何もかも失うか——二つの選択肢を与えられたが、後者は考慮に値しなかった。選択肢はないも同然だったが、心はまだ必死に逃げ道を探していた。だが、それも難しくなった。週末を前にファーディが発症し、苦しい呼吸を和らげてやる術はもうないという状況になり、ドクター・サミュエルズの往診を頼まなければいけなくなったのだ。彼が到着したのは、その夜九時過ぎだった。

必要な注射をしたあと、サミュエルズはアリソンを子供部屋から連れ出し、眉間にしわを寄せて言った。「小言を言いたくはないが、アリソン、あの子をいつこの気候から連れ出してやれるんだ?」

また例の首輪をかけられて喉が締めつけられている気がした。「できれば明日にでもそうしたいけど、あと一週間はここを離れられないんです」

「あの子に一週間は長すぎる。本当だ」玄関へ送っていくとき、彼は厳しく警告した。そして心配そうな表情のまま立ち止まって言い足した。「一時間たってもよくならなければ、わたしを呼ぶように」

アリソンは無言でうなずき、ほほえんで謝意を示そうとしたが、涙がこみ上げて唇が震えてしまった。サミュエルズがエレベーターに向かうのを見送ると、ドアを閉めてそこにがっくりともたれかかり、懸命に気を取り直してからファーディのそばへ戻った。

彼女はベッド脇に座り、息子の手を取って、おびえた目でこちらを見ている彼を落ち着いて励ました。とてもそんな心境ではなかったけれど。そこに座って息子を見ているのは本当に苦痛だった。苦しそうに空気を吸い、吸い込めたかと思うと、今度は吐くのにまた苦労しなければならない。こんなに過酷な闘いがかよわい小さな体の中で繰り広げられているのを見ると、胸が張り裂けそうだ。息子を愛していることは変わらない。でも、ファーディの体のためには、わたしがいつまでもこの子にしがみついていてはいけない。息子の健康に比べたら、自分の幸せはどうでもいい。そう悟ったことで、この先に待っている避けられない道を通る覚悟ができた。

呼吸が楽になったファーディが疲れて眠りに落ちると、アリソンは湿った額にかかった巻き毛を優しく払ってやり、そばを離れた。必要な電話をかけるために。これで自分の運命が決まる。

「デュボアだ」

ぶっきらぼうな低い声をほどなく耳にすると、脚がどうしようもないほど震え出し、電話の横の背がまっすぐな椅子に腰をおろした。「ダーク、わたしよ……アリソン」

短い間があってから、横柄な声が言った。「ぼくの提案を受け入れる決心がついたのかな」

「選択肢が少なかったもの」かっとしないように心がけながら、彼の攻撃を受け流した。

「きみはぼくにひとつも選択肢を与えなかった」電話線を通して、腹立たしげな声が響いた。「息子の誕生の場にぼくが立ち会う権利を奪い、彼が育つのを見る機会も与えず、ぼくをまったく無視した」

「それには理由があったからよ」

「むろん、そうだろう！」彼は唐突に大声で言うと、話題を変えた。「いつ、こちらに来るんだ？」

「もう一週間、仕事があるの」アリソンの受話器を握る手に力が入り、額にうっすらと汗が浮かんだ。最も怖かった瞬間が来た。「ダーク、あの……ファーディのことで……」恐れと苦悩で口ごもる。

「ファーディがどうした？」彼が低い声で尋ねた。

アリソンは必要な勇気をなんとかかき集めて言葉を続けた。「今夜はまた往診を頼まないといけなかったの。それで……少し差し迫った状況なのよ」

「もう一週間は仕事を辞められないんだろう？」

「みんなを見捨てるわけにはいかないから」

「きみはいつからそんな道義心を持つようになったんだ？」ダークはあざけるように言った。

痛いところを突かれ、彼女は言葉を失った。

「あの子を迎えに来てほしいなら、そう言えばいい」

「そうしてもらえる？」アリソンはこわばった唇の隙間からようやく言った。「できるだけ早く迎えに来て、ボルドーへ連れていってほしいの」

アリソンは自分に驚いていた。一カ月前なら、父親である彼の近くに息子を連れていきもしなかっただろうに、今ではファーディを連れていってくれと懇願している。彼がファーディを自分のそばに置いている期間中に、あの子とわたしが疎遠になるように仕向けたらどうするの？

「明日の朝十時に迎えに行く」

愚かしい物思いをダークの声がさえぎった。これで助かったという思いよりも、動揺と不安のほうがアリソンには大きかった。

「ほかに何かあるかい？」

〝あるわ！〟アリソンは叫びたかった。〝ファーディはわたしの子だということを忘れないで!〟と。だが、今は誰のものか張り合っている場合ではないと思い直し、その言葉をのみ込む。「いいえ……以上よ」アリソンは力なくつぶやいた。

「では、明日十時に」ダークは告げると、そっけなく〝おやすみ〟と言って、会話を終わらせた。

アリソンは受話器を戻すと、しばらく座って頭をかかえていた。正しいことをしたのだと自分に言い聞かせようとしても、心のどこかではまだ用心していて、疑念が重くのしかかっている。自分の決断が賢明だったかを考えるには、今は疲れすぎている。そう思い、立ち上がって、ゆっくり居間を出ると、子供部屋へ行った。アリソンにとって夜はまだ始まったばかりだった。ベッド脇の肘掛け椅子に座り、夜明けまで寝ずの番を続けた。何度か眠りに落ちていたが、ファーディが身じろぐと目を覚まして、脈拍と呼吸を確かめた。

翌朝、睡眠不足を取り戻している時間はなかった。ボスに電話して、出社が遅れることを伝えねばならなかった。そして朝食後にファーディの荷物をスーツケースに詰めた。

「ぼくたち、どこへ行くの?」ファーディが、昨夜の試練の跡が残った顔をして尋ねた。ベッドの上のスーツケースにアリソンが彼のシャツやショートパンツを詰めているのを見ている。

「わたしはどこにも行かないけど、あなたが行くのよ」アリソンはしゃがんで息子のシャツの襟を整え、カーディガンのボタンを留めてやった。

「ぼくはどこへ行くの?」

アリソンは一瞬ためらった。今から告げなければならないことを、この子はどう受け止めるだろうか。「パパがあなたを迎えに来るの」息子の様子を見ると、その青白く細い顔に頑固な表情がよぎった。

「ぼくにはパパはいないもん」

「いるわ」アリソンは優しい口調ながら、きっぱりと言った。そして息子の顔を両手で包み、自分のほうを向かせた。「ケイトおばさんのおうちにいたときに来た人を覚えている?」

「うん」ファーディは顔をしかめた。「あれがぼくのパパなの?」

「そうよ」

彼の唇が急に震え出し、大きなグレーの目に涙が浮かんだ。「どうしてぼくはあの人と行くの? ママとここにいちゃいけないの?」

「ファーディ、聞いてちょうだい」アリソンは息子を膝の上に引き寄せ、肩に顔を埋(うず)めてきた彼の髪を優しく撫でた。「あなたはこのごろ体の調子がよくないから、ケープタウンを離れたほうがいいとドクター・サミュエルズがおっしゃったの」

「じゃあ、ママも来るの?」ファーディは頭を上げて期待するように母の顔を見た。

アリソンは喉にこみ上げてくるものを急いでのみ込んだ。「ええ。でも、まだよ。もう一週間お仕事があって、それまではここを離れられないの」慎重に説明した。「だから、とりあえずあなたはパパとあちらの地所へ行って、ママが行けるまで待っててちょうだい」

いつも年齢のわりには大人びているファーディだが、今日にかぎっては、母親と離れたくないとむくれている三歳児だった。「ママと一緒じゃないと行きたくない」

「たった八日間よ。そのあとは、また一緒よ」

ファーディはしばらく考えて、それから子供っぽく尋ねた。「約束する?」

「約束するわ」アリソンは心からそう答えると、涙を隠して笑い、息子をしっかりと抱きしめて、腕の中で優しく揺すった。

「パパはどうしてぼくたちと暮らさないの?」

必要な衣類をもう何枚か詰めようと、アリソンがファーディをようやく放すと、彼が尋ねた。

なんと答えていいかわからなかった。悩んで傷ついた末に夫との結婚生活を捨てる決心をしたことを話しても、幼いファーディにはまだ理解できるまい。

「それは長くて難しい話なのよ、ファーディ」アリソンはようやくそう言うと、悲しげな笑みを口元に浮かべて片手を伸ばし、彼の黒い巻き毛を指でもてあそぶようにした。「いつか話すわね」

　自分の身なりを整える時間が持てたのは、そろそろダークが到着しようというころだった。鏡の中でこちらを見返している顔は青白く、睡眠不足で目の下には隠しきれないくまができているが、なんとか化粧で頬に少し色を差すことはできた。髪をブラシでとかし、うなじのところで無造作にまとめたところで玄関の呼び鈴が鳴った。

　居間のまんなかで立ち上がったファーディは小さな彫像のようだったが、アリソンのあとについて部屋を横切っていくときには目に不安が浮かんでいた。緊張している様子なのはアリソンも同じで、急に震え出した手を隠すために、必要もないのにスカートのしわを伸ばした。ようやく表向きには落ち着きを装うと、息子を励ますように肩越しにほほえみかけ、それから呼吸を整えてドアを開けた。

「どうぞ中へ」われながら驚くほど落ち着いた声が出た。これならさすがの彼も、自分の存在がわたしに絶大な影響を与えているとは思わないだろう。

「なるほど、これがきみの隠れ家か」ダークは中へ入りながら、あざけるように言った。

　だが、アリソンは言葉の攻撃を無視することにし、早朝から吹き出した南東の風に逆らってドアを閉めた。さっと室内を見渡すダークの視線が、簡素な家具を素通りし、部屋の奥からじっと彼を見ている少年に留まった。それからふたりともいっこうに口を開く気配はなく、アリソンは内心で固唾（かたず）をのんでいた。お互いに相手がどんな人間か見てやろうと思っているかのようだ。

やがてダークは整った唇にかすかな笑みを浮かべ、前に進み出ると片手を差し出し、改まったしぐさで挨拶をした。「こんにちは、ファーディ」

ファーディは母親を困ったような目で見たが、彼女が励ますようにうなずくと、小さな手でダークの手を取り、かすれた声で言った。「こんにちは」

「ぼくが誰かは、お母さんから聞いているかな？」

ファーディはうなずき、黙って様子を見ている母のほうへまた目線を送った。「ぼくのパパだって」

「おいで」ダークはファーディをソファに連れていき、顔を見ながら話ができるよう両端に座った。アリソンは胸の奥が妙にかき乱されるのを覚えた。「これから数日、一緒にいてくれるね？　そうすれば、そのあいだにお互いをよく知ることができる」

息子のグレーの目がアリソンの目を探った。さっきの約束は覚えてくれているね、というように。アリソンは控えめにうなずいたが、ダークの鋭い視線が母子（おやこ）の無言のやりとりをさえぎった。

「部屋の掃除を手伝ってくれるかい？　お母さんが来たときにきれいになっているように」ダークは予想外の理解を示して提案した。ファーディの青白い顔から不安がゆっくりと引いていくのが見えた。

「じゃあ、行く」ファーディは恥ずかしそうにほほえんだ。

「よし！」ダークの言い方は例によってそっけないが、ファーディの髪を撫でている大きな手は優しい。息子を眺めているグレーの目には、遠くを見るような奇妙な表情が浮かんでいる。

「コーヒーでもいかが？」別れのときを遅らせようとして、アリソンは言った。

「もう帰らないといけないのでね」それを強調するかのように彼は立ち上がった。「ほかに知っておくべきことはあるかい？　薬が必要になったとき、何を使えばいいかとか」

「必要なものは全部ここに入っているから」アリソンは小さなポーチを取って彼に手渡した。「それぞれの薬の使い方もちゃんと書いてあるわ」

「もう行くの？」ダークが到着する数分前にアリソンがソファのそばに置いたスーツケースを彼が持つと、ファーディが尋ねた。

「貴重な時間を無駄にできない」ダークが言った。

アリソンはすべての感情が集まった塊が喉につかえたようになりながら、ファーディの手を取り、フラットを出るダークについていった。

ぴかぴかの白いジャガーが建物の外の静かな通りに止めてあった。ダークはスーツケースをトランクに入れると、母の手をまだしっかりと握っているファーディのほうを見て、不愉快そうな目をした。

「お母さんにさよならを言いなさい」彼はいかにも威厳ありげに言った。

さよならだなんて！　最後のお別れのように言うなんてひどい。アリソンはファーディを抱き上げ、小さな体をしっかりと抱きしめた。息子の腕が首にしがみついてきて、涙をこらえるのが難しくなった。

「忘れないで」ファーディが耳元で言ったが、ダークにじゅうぶん聞こえる声だった。

「約束のこと」

「忘れないわ」アリソンはそう答えると、ふたりの前を通って車のドアを開けてくれるダークのほうを見ないようにしながら、息子を助手席に乗せた。

その小さな体にシートベルトを締めてやり、ダークがドアを閉められるように後ろへ下がりながら、アリソンは驚いていた。子供とはこんなに早く環境に順応するものなのね。こちらは息子と別れることを思って、こらえた涙でまだ喉がつまっているのに、あの子はジャガーの複雑な計器盤のスイッチやダイヤルにすっかり魅入られている。彼女は一瞬、笑っていいものか泣いていいものかわからなくなった。

「何を約束させられたんだ？」彼が背後から尋ねた。

アリソンは表情をすばやく整えてから彼と向き合った。「八日後にはまた一緒だと約束しないと、あの子はあなたと行くことを了解しなかったのよ」

彼女に向けられた目には侮辱と刺すような冷たさが浮かんでいた。

「きみはかつてぼくと約束したが、それが拘束力を持つとは考えなかったじゃないか」

非難が身に染みた。真実が矢のように心に突き刺さり、肉に食い込むようだ。痛みに対する唯一の防御である怒りが、いつもは柔らかでハスキーな彼女の声を氷のように冷たくさせた。

「過去を掘り返す必要があるの？」

「過去を否定はできない。ファーディの存在を否定できないのと同じだ。だからきみには、過去を無視しようとするのではなく、認めることを勧める」

ダークはアリソンから離れ、彼女が適切な返答を考えつく前に、その長い脚でボンネットをまわっていった。間もなく車はスピードを上げて去り、彼女にとって唯一の心のよりどころである息子を連れていってしまった。その少年は、かつては本当に自分の心のよりどころだった人の息子でもある。

3

ファーディが父親とボルドーに発(た)った日、空に暗い雲が立ちこめ、強風がそれに加勢して、半島に嵐が吹き荒れた。週末のあいだそれは続き、そしてようやく霧雨にまでおさまった。ファーディのいないフラットは耐えがたく、寒くて陰気な天候がアリソンの心中をそのまま表しているようだった。それでも、沿岸にはびこっている湿気からあの子が逃れられてよかったと思った。触れるものすべて、衣服すらがじめじめし、息子を送り出したのは正解だったと、常識的に考えてようやく納得した。

「父親に息子のことを知らせないのはよくないと、わたしは常々思っていた」ドクター・サミュエルズにファーディのことを電話で報告すると、彼は言った。その言葉は、アリソンがこの数年間さいなまれてきた罪悪感をさらに重いものにした。「あの子を父親の地所へ行かせる決断をしたのはいいことだ。病気を克服できる可能性が高まるし、父子(おやこ)が互いをよく知る機会にもなる。そうあってしかるべきなんだ。とくに男の子は母親だけでなく父親も必要だ」

名文句ね、とアリソンはあとで思った。しかも筋が通っている。でも、この胸の奥に潜んでいる恐怖をなんと説明したらいいかしら。もしダークがわたしへの復讐（ふくしゅう）を考えているなら、わたしがボルドーに着いたときに門前払いするのがいちばんだ。そもそも彼のもとを去ったのはわたしなのだし、ファーディの親権を彼が主張しても、法律上なんの問題もない。そう思うと身が震え、その考えを追い払おうとしたが、無情にもそれ以来ずっと悩まされた。

火曜日の朝、気分が最高に落ち込んでいるとき、職場にケイトからランチの誘いの電話があり、二つ返事でオーケーした。鬱々としているさなかで、ケイトとの再会はいい息抜きになりそうだったし、彼女ならファーディの近況を何か教えてくれるかもしれないという望みが持てた。そのあと、ケイトに会いに行く途中で、そういえば新たな展開があったことを彼女に報告していないと思い当たった。ケイトが選んでくれた海辺のレストランで小さなテーブルをはさんで向かい合うのは少し気がとがめた。

細身で色白で、ワイン色のエレガントなウールのワンピースを着たケイトは、細い首に金のチェーンネックレスをつけていて、アリソンはうらやましさを覚えながら、ザリガニ料理が出されるのを待っていた。にわかに、仕事のときはこれと決めている自分のぱっとしないグレーのスーツと真っ白なブラウスが気になった。こぎれいで、とくに安物でもないが、ケイトの格好と比べれば、おしゃれとは言いがたい。それで思い出すのは、お金が月末までもちそうになくて使い道を考え直すはめになった経験はケイトにはないということだ。ケイトが裕福な家の出であることは周知の事実だった。だが、彼女はけっして気ままなお金持ちではない。そのことにはアリソンはいつも感心していた。

この数年間、自分は家計のやりくりに苦労してきたことを思い出して、アリソンは内心でため息をついた。でも、その苦労のおかげで、誰の手も借りずに自分でやり遂げたという達成感は得られた。

「ファーディはボルドーのダークのところにいるのね」ついにケイトが最も大事な話題に触れた。

「そうなの」サラダを食べようとしていたアリソンは言った。「できるだけ早くここから離れたほうがいいと医者が言うものだから、先に行かせたの」

「ダークの申し出を受け入れたの？」

「そうするしかないのは、あなたも知っているでしょう」アリソンはため息をつき、心配そうにこちらをじっと見ているケイトと目を合わせた。「この土曜日にボルドーへ行くつもり」

そのあと、ふたりは無言で食事を終えた。

「詮索するつもりはないんだけど」コーヒーが前に置かれると、ケイトが再び会話を始めた。「あなたはダークのことをどう思っているの？」

「彼をまだ愛しているのかという意味なら、答えはノーよ」自分でも驚くほど激しい口調で答えていた。「恋愛感情はとっくになくなっているわ」

「助けが必要なときや、とにかく話し相手が欲しいというときは、遠慮なくわたしを呼んで」

ケイトの優しさにアリソンは胸が熱くなった。

「あなたは本当にいい人ね、ケイト」

「わたしも苦境をいろいろと乗り越えてきたから」ケイトは打ち明けた。苦境の記憶がまだ彼女を痛めつける力を持っているかのように、その目に苦悩の表情をかすかに浮かべながら。「わたしにはお互いに信頼し合えて助言もくれる伯母のエドウィナがいたからよかったけど、あなたは身内がいないし」

「ありがとう、ケイト」どうも最近涙もろくなったようで、アリソンは涙をこらえてほほえんだ。そして話題を変えた。「おばさんはお元気?」

「ええ、とても」ケイトは静かに笑うと、カップを脇へ押しやって、ナプキンで口の端を軽くふいた。「一年の大半を旅行に費やしているわ。お友達を訪ねたり、国内を旅したり。でも、クリスマスには必ずソリテールに戻ってきて、猫の手も借りたい収穫の時期はずっといてくれるの」

アリソンの灰緑色の目が曇った。「わたしがあなたの家を訪ねたせいで、ダークとライノのあいだにいらない悪感情を生じさせていなければいいけど」

「心配無用よ」ケイトはすぐさま請け合った。「今夜わたしたちはボルドーでのディナーに招かれているくらいだから」

割り勘にしようというアリソンの申し出を断って、勘定はケイトが払った。外の通りに出ると、ケイトはアリソンの腕に軽く手を置いた。

「一緒に食事ができてよかったわ。今後はもっと会いたいわね」ケイトはほほえんだ。彼女が白のメルセデスに向かって歩いていくとき、アリソンもまたケイトとの旧交を温められたらと思っていた。

その午後はのろのろと過ぎていったが、そう耐えがたいほどではなかった。それでも、夜になると、ボルドーに電話して息子の近況を聞きたいという気持ちを抑えられなくなり、アリソンは食事を作ったあと、地所の番号を押した。

「ファーディは元気?」ダークの低い声が電話口に出ると、前置きなしに尋ねた。

「元気だ。だが、きみと話をさせるのはどうかと思う。精神的に不安定にさせたくない」

そのきっぱりした言い方にアリソンはおびえたが、恐怖に負けてなるものかと思った。

「わたしから電話があったことを伝えてもらえる?」

「ああ、伝える」張りつめた緊張が流れ、そしてダークが不意に尋ねた。「何かメッセージは?」

恐怖が少し和らいだ。「愛しているとだけ伝えて。そちらへ行く日を指折り数えているって」

「ボルドーに休暇気分で来ないでくれよ」

「いただいた仕事を精いっぱいやらせてもらうつもりよ」アリソンは憤慨して言い返した。だが、なんとなくうれしい気分であることも否定はできない。彼の口ぶりからすると、わたしが恐れていたようなことをするつもりはなさそうだ。復讐を企てているのではないかと思ったわたしのほうが間違いだったのかもしれない。

「いつ来る?」その言葉がさらに恐怖を和らげた。

「土曜日の朝早くに、こちらを発つわ」

「到着までにはフラットを整えておく」

受話器を元に戻すとき、アリソンの手は震え、口はからからになっていた。心が乱れ、しかもいくぶん高揚しているとはいっても、あの低い声がまだ耳の中で鳴り響いているように思えるのとは無関係のはずなのに。何もないわよ、と自分を納得させるように心の中で言った。ダークをもう愛していないとケイトに言ったとおりだ。もし彼の声がどういうわけかわたしの心を乱す力をまだ持っているのだとしたら、以前は心地よいと思っていたものに対して体が反応しているだけのことだ。

その夜は本を持ってベッドに入り、遅くまで読んでいた。やっと明かりを消しても眠れなかった。頭の中がぐるぐるまわり、アリソンを過去に引き戻すのだった。

〝とてもきれいだ〟ダークのよく響く低い声がささやいている。アリソンの体の曲線を眺め尽くしたグレーの目が欲望で色濃くなるのが再び見えた。

結婚初夜の恐怖がよみがえり、それがあまりに生々しかったので、アリソンは呼吸が速くなり、額の青白い肌に玉の汗が浮かんだ。あのときは、結婚するまで抑えつけていた欲望をダークが激しくぶつけてくるのが怖かった。それよりもさらに怖かったのは、彼がアリソンの中にかき立てた情熱だった。最初のうちは彼も優しかった。それは否定できない。そして彼はアリソンを燃え上がらせた。彼女が羞恥心を捨てるところまで。それから愛撫のあいまに服を脱がせると、男性を知らない体をあの目で眺め、くぐもった声で〝とてもきれいだ〟とささやいたのだ。そのあとに起こったことは、いまだに悪夢のようだった。抑えを解かれた彼の欲望はあまりにも激しく、彼女の中に原始的な感覚を呼び覚ましておいて自分は終わってしまった。アリソンは彼が隣で眠りに落ちてから長いあいだ、恥ずかしさと恐怖とで無言の涙を流していたのだった。

アリソンはベッドから起き上がった。結婚生活のあの部分については極力考えないようにしてきたのに、今は歯止めがきかない。なぜなの？　なぜ今になって？　うめいて両手に顔を埋めたが、記憶を追い払えそうもなく、映像が無慈悲にも脳裏に浮かぶ。

結婚したときは、若すぎたし、経験がなさすぎたのだ。体も心も純真で、ダークがわたしの中に呼び覚ました欲望が理屈抜きで怖かった。それなのに、飛んで火に入る夏の虫のごとく、彼に引きつけられてしまった。

「ああ、神様!」そううめき、力なく枕に頭を戻した。「彼をまた好きにならせないでください。お願いですから、また同じ罠にわたしを陥れないで」

ようやく中途半端な眠りに落ちたものの、もやもやした思いは翌日も抜けず、仕事に集中しようとしてもできなかった。その夜、借りている家具つきフラットに置いてある私物を整理しているときも、もやもやしたままだった。

八時過ぎに電話が鳴ったとき、ファーディの具合が悪くなったに違いないと、まず思った。だが、受話器を取って聞こえてきたのはケイトの声だった。

「あなたに知らせてあげようと思って。昨夜ファーディに会ったら、元気そうだったわ」

「ダークといて幸せそう?」

「ええ、とても。彼のあとを影みたいにくっついているわ。ダークはどこへ行くにもファーディを連れていって、うれしそうよ」

「よかったわ……」アリソンはちらりと嫉妬を覚えてしまうのを揉み消そうとしながら、つぶやいた。

「あなたが入居するフラットも見せてもらったの」ケイトは続けた。「家具がきれいに備えつけられているわ。ファーディがサロメを手伝って壁を洗い、食器棚をきれいにしたと言っていたわよ」

アリソンはにわかに興味を覚えた。「サロメはまだボルドーにいるの?」

「彼女がボルドーを離れるはずはないわ」ケイトは静かに笑った。「一家は代々あそこに住んでいるんだもの。ほかの生活というものを知らないし、したくもないでしょう」

「少なくともひとりは知った顔がいるとわかって、うれしいわ」

「知った顔はたくさんいるわ。ダークのアシスタントのマイク・ペッァーを覚えている?彼も今は結婚しているけど、まだボルドーにいるの。オフィスのスタッフはこの数年で入れ替わったけど、屋敷のほうは同じ顔ぶれで、あなたが帰ってくるのをみんな楽しみにしていると言っていたわ」

アリソンはそれには返答しなかったが、ケイトとの会話が終わったときには、わたしが妻として元の場所に戻るのではないことをダークの忠実なスタッフが知ってがっかりしませんようにと思っていた。妻として戻ることは絶対にないわ。


土曜日の朝フラットの鍵を返して、荷を積んだルノーに乗り込むとき、アリソンは疲労と高揚を同時に感じていた。昨日は一日、会社で仕事をしたあと、ほとんど徹夜で荷造りをした。でも、これでようやくファーディのいるボルドーへ行ける。車に積めなかった荷物は鉄道便で送る手配をした。

車のキーをまわし、エンジンをかけたが、心はここにあらずだった。自分が何を置き去りにしようとしているかは知っているが、この先どうなるのかは見当もつかない。幼い息子と再会できることだけが慰めだ。目的地へ急ごうとアリソンはアクセルを踏み、パールへ行く道へ入りながら、おなじみの雲にすっぽり隠れている、六月の寒い朝のテーブルマウンテンを最後にちらりと見やった。

パールまでは一時間ほどで行けた。パールは、山の上に露出した三つの丸いドームで構成された巨大な花崗岩(かこうがん)の塊が目印で、ときにそれらは真珠に似て見える。それぞれパール・ロック、ブリタニア・ロック、ゴードンズ・ロックと名づけられていて、それらをついに目にすると、奇妙な緊張がわき上がってきた。ここはダークと出会った場所だ。でも、今は過去のことを考えたくない。運転と将来のことに集中しなければ。

ボルドーはパールの南東に位置し、パールとドラケンシュタインの山々とのあいだに広がっている。町の郊外にあるダークの地所へ向かう道に入ると、アリソンはハンドルをきつく握りしめた。それから十分以内に、印象的なアーチを描くボルドーの石門が近づいていた。門の向こうには葡萄(ぶどう)園が広がり、深紅の葉がちらほらと頑固にしがみついている以外は葉がすっかり落ちた葡萄の木々が見える。切妻造りの建物に向かう見慣れた並木道を進んでいくと、胸が締めつけられる感じがした。

旧館は、スタッフのオフィスと物置として以外には二十年以上も使われていないが、アリソンがここに滞在中に使うことになっているフラットはそちらにある。だが、彼女がルノーを向けたのは、切妻造りの母屋のほうだった。ダークの亡父は、実用的な理由からこの頑丈な屋敷を家族のために建てたが、ワインランドではなじみ深いケープ・ダッチスタイルの旧館を維持するために、よく手入れをしていた。

ふしだらけの幹を持つ古いオークの木々が、ありがたい日陰を作り、屋敷の古風な窓に照りつけている日差しをさえぎってくれている。その陰の中に車を止めると、凝った彫刻が施された大きなドアのほうへ思わず目が行った。きれいに磨かれた真鍮の重厚なノッカーが朝日を受けて輝いている。何を見ても、アリソンの目にはつらく映った。胸がつかえて息苦しくなり、車から降りるときには過去に舞い戻っていく気がした。

「ママ！　ママ！」

アリソンは乱れた思考からはっと覚めて、小さな竜巻のように息子が屋敷から現れて駆けてくるのを見た。その瞬間、ほかのことはいっさい忘れ、両手を広げてわが子を受け止めた。そして抱きしめると、目に涙があふれるのを止めることができず、まつげからこぼれ落ちた。

「ファーディ、会いたかったわ！」彼女は声をつまらせてささやくと草の上にひざまずき、息子を少し離して、うれしそうにほほえんでいるその顔を見た。見慣れた青白い顔色とやつれた表情は消えかかっている。「元気そうね」泣き笑いしながら言い足した。

「一回も病気になってないよ」ファーディは、いかにも自分の手柄だというように誇らしげに言った。そしてアリソンが再び彼を抱きしめると、母親の首に腕をしっかりと巻きつけた。

ファーディの黒髪の頭越しに、ダークが少し離れたところから目を鋭く細めてこちらを見つめているのが見えた。その表情は計り知れず、アリソンを不安にさせた。彼は細い腰にカーキ色のパンツを留めているベルトに親指をかけ、白いシャツはいつものように広い胸の上でぴんと張っている。だが、アリソンの目をもっと引いたのは、彼の顔に浮かんだ表情だった。あのくっきりと整った口元に楽しそうで優しげな笑みが浮かぼうとは、見たこともなければ想像したこともなかった。

「ボルドーへようこそ」ダークが言った。

とたんにアリソンは心臓が早鐘を打つのを感じ、息子の手をほどいて立ち上がった。

「本当に歓迎されているのかしら？」頬の涙をそっとぬぐって言う。

「従業員には快適でいてもらえるよう、いつも努めているからね」

鋭い皮肉が、平手打ちのようにアリソンを打ちのめした。個人的に歓迎されているか尋ねたつもりはないのに、彼はあきらかにそう受け取っている。身のほどを知れということなのね。アリソンは柔らかな唇に苦笑を浮かべた。わたしは従業員にすぎない。でも、そのほうが好都合だわ。

「ねえ、ママ」ファーディが彼女の手を引っぱって言った。「ぼくたちの部屋を見せてあげるよ」

フラットはマイク・ペツァーがまだ住んでいたころのままだった。部屋は広く、高い天井に古風な太い木の梁(はり)が渡されている。現代的にするために改装もいくつか行われていた。寝室には戸棚が造りつけられ、バスルームがメインの寝室にもつけられている。寝室が二つに、居間、ダイニングルーム、キッチンがあるフラットは広くて快適で、家具はまばらながらも、新旧取りまぜて適切に配置されていた。そのうちのいくつかは母屋に置かれていたものだ。

ファーディはわくわくした様子でアリソンを部屋から部屋へ引っぱっていきながら、自分とサロメがどんなふうに壁を洗ったり、床をこすったりしたかを詳しく説明した。床は黄色い木材の表面が豊かな輝きを取り戻すまで磨いてワックスがかけてあった。

「気に入った?」居間に戻ると、ファーディが妙に心配そうに尋ねた。

そこにはダークがいて、書き物机にもたれて立っていた。

「すてきね」ダークが伏し目でこちらの様子を見ているのがわかり、アリソンは用心深く答えた。

ファーディは答えに満足した様子で、目を輝かせて部屋の奥に飛んでいくと、石造りの大きな暖炉の前に置かれた、詰め物入りの大きな肘掛け椅子に身を沈めた。「パパがね、すごく寒いときは暖炉を燃やして、ここに座って暖まっていいって」

パパですって？　あの子がダークをパパと呼ぶなんて。しかも、その言葉がいとも簡単にファーディの口から出たことが驚きだった。

「よかったわね」アリソンはそう言いながら、それとなくダークのほうに目をやった。彼の目には挑戦のようなものが浮かんでいるのがちらりと見えた。ファーディに関しては、ぼくもきみと同じだけの権利を持っているんだからなというように。

アリソンが不穏なそのまなざしから目をそらすと、彼は言った。「キーを渡してくれたら、車をこちらへ持ってこさせるよ」

アリソンが車の小さなキーを大きな手に渡したとき、彼はぶっきらぼうに言った。

「今日はゆっくりしていていい。だが、夕方五時半きっかりにぼくの書斎に来るように」

アリソンが答えるのを待たずにダークは部屋を出ていき、彼の存在を気にすることなく彼女とファーディがふたりきりでフラットをもう一度見てまわれるようにした。

この二回目の見学ツアーでアリソンは、自分の寝室の向かいにある部屋の戸棚にファーディの衣類がきれいにしまわれているのを見つけた。ようやく居間に戻ってくると、自分が車に積んできたスーツケースや箱を誰かが全部運んでくれていて驚いた。荷解き(にほど)をする前にキッチンも見てみると、うれしいことに、食器棚と冷蔵庫に必要と思われるものがすっかりそろえられていた。

「パパが昨日サロメを町へ買い物に行かせたんだ」アリソンの無言の問いかけにファーディが答えた。

　その名前が出たのが合図だったかのように、ドアが少し開いていた裏口からサロメがキッチンに入ってきた。「おはようございます、奥様」

「サロメ!」アリソンは叫び、喜びに顔を輝かせて、大柄で豊満な女性の顔をのぞき込んだ。ピンク色のこざっぱりしたオーバーオールと、それにつきものの同色のスカーフを頭に巻いている。「ああ、サロメ、また会えてよかったわ!」

　サロメはアリソンが差し出した手を取り、敬意を表して膝を軽く曲げ、お辞儀をした。

「わたしも奥様がボルドーに戻っていらしてうれしいです。でも、ダーク様と母屋にお住まいにならずにこちらでということで、わたしは気を揉んでおります」

　アリソンは真顔になった。「ここには仕事をするために戻ってきたのよ、サロメ。それに、谷の気候が息子の体によさそうだし」

　サロメは視線を一瞬ファーディに走らせたあと、アリソンへと戻した。それ以上詮索はしなかったが、黒い目に困惑を浮かべ、首を横に振っている。アリソンはダークの妻で、ファーディはふたりの息子だ。家族としてひとつ屋根の下に住むものだと、サロメにすれば思うだろう。白人というのはときどき変なふるまいをするわね。わたしにはとても理解できないわ。そう思っているのが手に取るようにわかる。

「お茶をおいれしましょうか、奥様?」

お茶と聞いて、アリソンは喉が渇いていたことに気づいた。そういえばダークは飲み物も何も出してくれなかったわね。

「ありがたいわ、サロメ。でも……」アリソンは迷っていったん言葉を切り、用心深くサロメの目を探った。「あなたのお仕事の邪魔ではないかしら?」

「これがわたしの仕事です、奥様」サロメは満面の笑みで言った。「今日からはわたしが料理と掃除とファーディぼっちゃまのお世話をいたしますので。ダーク様からのご命令です」

ファーディはアリソンとサロメが荷解きを始めると、じっとしていられず、こんな元気な姿を見たのは初めてというくらい元気よく外へ遊びに行った。時間が信じられない早さで過ぎた。昼食はとったのに、何を食べたか思い出せないほどだった。フラットがきれいに片づき、空になった箱とスーツケースをしまい終えたときには四時になっていた。

アリソンは疲れて、お風呂に入りたくてたまらなくなり、サロメに後片づけを頼みながら、自室への短い距離を急いで歩いた。隣接しているバスルームの浴槽に湯を入れ、服を脱いで、肩までの髪をシャワーキャップの中に入れた。発泡性のバスソルトをたっぷりと散らしてようやく湯に入ると、疲れが体から抜けていくまで数分間浸かった。

バスルームから出ると、いつもより入念に身支度をした。選んだのは襟ぐりが控えめな長袖のワンピースで、青と緑の散らし模様がクリーム色の肌をみごとに引き立てている。プリーツが入ったスカートの部分は、形のよいふくらはぎに向かってフレアになっていて、ウエストの細さを強調している。薄化粧をし、髪はブラシで逆毛を立てるようにしてから、うなじのところでまとめた。こうしておくと強気なように見える。今の自分にはなんとしてもそういう強さが欲しい。小さな足にサンダルをはいて身長を数センチ高くし、お気に入りの香水を耳の後ろに少しつけた。

アリソンは迫る夕闇の中へ出ていき、かつてダークと暮らした家に向かって急ぎ足で歩いた。サンダルのヒールが柔らかな草にめり込み、心臓の鼓動が不安定なリズムを刻んでいく。住み慣れた屋敷に着くと、勝手口から中へ入った。だが、静かな通路でしばらく立ち止まり、前から気になっていたものを今一度よく見てみた。

バートランド・デュボアの肖像画が今も、不満げな顔でこちらを見おろしている。その妻のルシールも、以前と同じ悲しげな顔でこちらを見ている。なぜこんな表情をしているのだろうと、アリソンはたびたび思ったものだった。足音を小さくしてくれるペルシア絨毯(じゅうたん)を踏みしめながら、長い通路をゆっくりと歩いていくと、楽しかった思い出がよみがえって喉がつまった。その思い出も、自分はダークにとってなんだったのだろうという疑念のせいで台なしになってしまったのだ。でも、今は過去を回想している場合ではない。ダークが書斎でわたしを待っている。シャンデリアと時代物のタペストリーがある広い廊下に出ると、アリソンは右手にある最初のドアに向かった。

少しだけ開いているドアをためらいがちにノックすると、ダークがぶっきらぼうに応えた。

「入って」

アリソンは深呼吸をしてから、本がずらりと並んだ書斎に入った。座り心地のいい椅子が暖炉の前に置いてある。以前はダークが夜にデスクで仕事をしているかたわら、アリソンもよくそこに座って読書をして過ごしたものだった。

快適な家具が並べられているのに、室内の雰囲気は重苦しかった。だが、それよりも気を引きつけられたのは、散らかった大きなデスクの向こうに座っている黒髪の男性の姿だった。黒のレザージャケットが広い肩にぴったりと合っていて、青のシルクシャツはたくましく日焼けした胸元までボタンが開けてある。だが、細めた目に浮かんでいる嘲笑がアリソンに防御の姿勢を取らせた。

「いつもどおり時間に正確だな」ダークは唇をゆがめてほほえんだ。

「あなたもいつもどおり、それが悪いことのように言うのね」わいてきた怒りにまかせて言い返した。

「それは誤解だ」彼は椅子にもたれ、広いデスクをはさんで身をこわばらせて向かい合っているアリソンに冷たい視線を向けた。「時間に正確なのはけっこうなことだと思っている」

「あなたは表現のしかたがおかしいのよ！」

「きみと口論するつもりはない」ダークは急に退屈そうな口ぶりになり、立ち上がると、黒のスエードのズボンのポケットに手を突っ込んだままでデスクをまわってきた。「きみをこの部屋に呼んだのは、仕事の話をするためだ。給料について何も告げていなかったことを思い出してね」今や彼はそばにそびえ立ち、その大きな体でアリソンを圧倒している。

アリソンは頭を後ろにそらして相手を見上げるしかなかった。彼から告げられた給料の金額は、前の仕事をはるかに上まわっていた。

「始業時間は八時半、一回目の観光客の一団が到着する十時半までに、準備がいろいろとある。昼食のための休憩は一時から二時までだ。終業は五時」ダークはアリソンから離れて歩きまわりながら彼女の職務を説明した。「夜と週末は自由にしていいが、ぼくが客人をもてなす際は、きみにメニューの監修と、必要に応じて女主人役を務めてもらいたい」

「なんとかやってみるけど」アリソンはこわばった声で答えた。「わたしはワイン生産のことを何も知らないのよ。それでも、ここの広報係を務めろというのね？」

「きみに知識がないのはよく承知のうえだ」

こばかにしたように言われて、アリソンは内心で身をすくめた。

ダークはデスクに積まれた本を取り上げ、彼女に押しつけた。「今夜と明日で下調べすればいい。そうすれば、ない知識も身につくさ」

アリソンは本をしっかりと受け取りながら、信じられないというように目を大きく開いた。「月曜日から働けということ？」

「当然だろう」ダークの整った口元がゆがんで嘲笑が浮かび、細めた目が挑戦的に光った。「何か不服でも？」

「いいえ」アリソンはただちに答えた。憤りで背筋がぴんと伸びる。「聞いてみただけよ」

「もうひとつ、気をつけてもらいたいことがある」振り向いてドア口に向かおうとした彼女をダークは引き留めた。「きみは法律的にはまだ妻でも、だからといって特権があるとは思わないでくれ」

「ここへは特権を求めて来たわけじゃないわ。働いた報酬以外のものをいただくつもりはありません」

ダークはぶっきらぼうにうなずいた。その目に浮かんだ冷たい炎がアリソンを突き刺す。

「合意に達したようだから、もう行っていい」

アリソンは背筋を伸ばして頭を上げ、再びきびすを返してドア口に向かった。だが、ドアのところで立ち止まり、礼儀としてしかたなく丁寧に言った。「食材を買っておいていただいて、どうもありがとう」

「礼を言う必要はない」ダークは一蹴した。「きみの最初の給料から差し引いておくから」

4

土曜日の夜、アリソンはベッドに座り、ダークから渡された本を遅くまで読んでいた。この分野について平均以上の知識がある者になら通じる内容なのだろうが、用語が目に飛び込んでくるばかりで、知識が身につくどころか混乱してしまう。夜が更けるにつれて疲労でまぶたが重くなって、本の山を脇へ押しやり、あくびを手で押さえた。明かりを消すと、頭が枕に触れるやいなや眠りに落ちた。

翌朝、慣れない部屋での寝覚めも悪かった。レースのカーテンのかかった四柱式ベッドはふたりが寝られる大きさだったが、隣は本の山で、それを見てはっと目が覚めた。ベッドを飛び出し、急いで着替えたが、ダイニングルームに行くと、ファーディはもうシリアルをかき込んでいた。サロメには悪いことをしたが、アリソンはトーストとコーヒーだけですませ、ファーディが遊びに出かけると居間に腰を据えて、いまいましい本の山に集中した。ダークとしてはこれも復讐(ふくしゅう)の一環のつもりかもしれないけれど、やはりくじけたかと喜ばせてなるものですか。

日曜日の昼食後も、アリソンの目は大量のページの小さな文字を黙々と追っていた。ファーディはしばらく座って母親を眺めていたが、しまいには飽きて、パパを探しに行こうかなとつぶやいた。アリソンは黙って息子を行かせたものの、三時にはいらいらしてきた。読んだことを理解する努力をあきらめかけているところへ、聞き覚えのある声がした。

「入っていいかしら?」

「ケイト、天使の到来だわ」アリソンはため息混じりに言うと、目にかかった髪を払い、日当たりのいい居間に入ってきた細身の女性を見上げた。「最高のタイミングよ」

「これは何ごと?」ケイトは驚いた目をし、アリソンをずらりと囲んでいる本を手ぶりで示した。そして本のタイトルをのぞき込み、おもしろそうに言った。「葡萄栽培の特訓コースでも受けているの?」

「ワインの生産工程がとても繊細で複雑だということがやっとわかったところ。これをどうやって訪問客に簡潔に説明するか、途方に暮れているの」アリソンは痛む目を指先で押さえた。「もっと重要なのは、この情報全部をどうやって明日の朝までに頭に入れるかということだけど」

「助けが必要なようね」

「役に立つヒントでもあればいいのだけどね」アリソンは疲れた声で笑い、両手を力なく膝に置いた。

「ダークは何も説明しなかったの？」

「そうなのよ」アリソンは背中の痛みを和らげようと立ち上がりながら言った。「本だけを渡して、あとは自分で勉強しろと」

「一緒に来て」ケイトは少し考え込んでから言った。「ノートと鉛筆を持ってね」

「どこへ行くの？」フラットを出るケイトの細い姿についていきながらアリソンは尋ねた。

「貯蔵室（セラー）よ」

「だめよ、そんなことをしたら――」

「大丈夫」ケイトはきっぱりとさえぎると、アリソンの腕を取り、母屋を通り過ぎてセラーへ向かった。「ダークとライノは新しい品種のことで長々と議論しているから、ダークには気づかれもしないわ」

　ふたりでダークに謀反を働いている気分だったが、それでも勇気が出ないままアーチ形の入口からセラーに入った。

「セラーのガイドつきツアーをしてあげるわ。あなたはメモを取り、わたしが案内を終えたら、次はあなたが同じように案内するの。明日の予行演習よ」

「とんでもないことを考えたわね」アリソンはしかたなく笑った。「でも、いいかもしれない」

　入口近くの暗い部屋で、テレビにつながれたＤＶＤプレーヤーが見つかり、中に入っていたディスクには、ボルドーでの収穫から瓶詰めに至るまでのワイン生産工程が十五分にわたって収録されていた。包括的で啓発的な内容だったが、同時にアリソンは、自分が直面している事態にはっきりと気づかされた。ダークは映像があると教えてくれてもいいのに、そうせずに専門書の山を押しつけた。わたしはまるで役立たずだと証明されるのを願っているとしか思えない。絶対しくじるものですか。アリソンはそう決意すると、ようやくケイトのあとについて部屋を出た。

「訪問客にはセラーを案内する前に映像を見せるといいわ」ケイトは言った。「基本的な流れを把握しておいてもらうと、案内がずっと楽になるから」

アリソンはうなずいた。そのあと教育ツアーが始まった。ケイトは、セラーに運び込まれた葡萄が破砕機にかけられる工程を説明した。金属製のらせんローラーが、そこを通る葡萄の葉や茎を取り除き、皮を破る。葡萄から自然流出した果汁は、ポンプで金属製の発酵タンクへ送られるというしくみだ。

「リースリング、コロンバール、スティーンのような白葡萄のフリーランジュースは高品質のワインに使います」ケイトは案内した。「果皮は圧搾機にかけて、残った果汁を抽出し、品質テストを行います。基準に達しない場合、安価なハウスワインに使いますが、品質がよい場合には、醸造者の判断で一番目の果汁に加えることもあります」

カベルネやピノタージュのような黒葡萄の工程は白葡萄より少し複雑だということをア

リソンは知った。白ワインは数日間温度を低めに保ってから瓶詰めして熟成させるが、赤ワインはポンプで木樽に詰め、二年までの熟成期間を置いてから出荷する。

アリソンは紙に鉛筆を走らせてメモを取りながら、ケイトが話すと何もかもがこんなにもわかりやすくなることに驚いていた。

「次はあなたが案内してくれる番よ」ケイトは目にユーモアを浮かべて言うと、生産工程の始点である破砕機のところへアリソンを連れて戻った。

「自分がばかみたいに思えてくるわ」アリソンは浮かぬ顔で正直に言った。

「今日少しでも練習しておかないと、明日はもっとばかみたいに思えるわよ」

アリソンはノートに目を走らせて深呼吸した。そして初めは言葉につかえながらだったが、案内をしていくうちに自信がついてきた。やっとツアーを終えたのは、フランス中部のリムーザンの森から輸入したオーク材の巨大な樽が並ぶセラーの中だった。

「初めはぎこちなかったけど、最後のほうはベテランみたいだったわ」ケイトは率直な感想をくれた。

「こんなにびくびくしたのは人生で初めてよ」アリソンは震える声で白状した。

ケイトが笑い、アリソンもつられて笑った。

だが、そのときダークの険しい声がセラーのかび臭い空気を切り裂いて聞こえ、ふたりはぴたりと笑うのをやめた。

「ここで何をしている?」

アリソンが息をつめて、さっと振り向くと、ダークとライノがセラーの入口に立っているのが見えた。

「今日は客人をもてなすよう頼んだ覚えはないが」

アリソンは屈辱に言葉を失い、頬を真っ赤に染めた。隣でケイトもかっとしているのがわかる。

「ねえちょっと、ダーク、わたしは――」

「ケイト!」ライノがきつい口調で妻をさえぎった。意外にも、ケイトは夫の黒い目が発する警告を受け入れた。「もう帰る時間だ」

熟成中のワインのかび臭さがこもるセラーを出るまで、四人のあいだには張りつめた沈黙が漂った。

午後の日差しの中に出ると、アリソンは早く立ち去りたくて、ケイトに向かって感謝の言葉をささやいた。「ありがとう……いろいろと」

「がんばってね」ケイトはさまざまな意味をこめてささやき返した。

「また会えてよかったよ、アリソン」立ち去ろうとしたときにライノが言った。短く握手をすると、そのまなざしは意外にも温かいものだった。

屈辱を受けたあとだったので感極まって言葉にならず、アリソンはうなずいた。そして、ライノとケイトの面前でダークが怒りを爆発させる前に、大急ぎでフラットへ逃げ帰った。

居間に座り、自分で取ったメモを見返していると、三十分後にサロメが入ってきて、うすうす予想していたことを伝えた。

「ダーク様が書斎でお呼びです、奥様」

アリソンは、カーペットの上で静かにおもちゃ遊びをしているファーディに視線を落とした。「なんの話か想像がつくわ」ため息をつく。

「なんとおっしゃいました、奥様？」

「なんでもないわ、サロメ」アリソンは弱々しくほほえみ、立ち上がった。「伝言をありがとう」

書斎のドアは開いていた。アリソンが敷居の上で立ち止まると、ダークは暖炉の前に立って、空っぽの火床を見つめていた。

「お呼びかしら？」必要もないのに尋ねた。

「ドアを閉めてくれ」彼は目も上げずに言い、ドアが閉まって初めてアリソンのほうを向いた。

冷たい目で見つめられ、彼女は内心おののいた。

「話を進める前に、言っておきたいことがある。ぼくが命じないかぎり、客人と親しくしないでくれ」

「そんなばかな話はないわ！」アリソンは自分の耳を疑いたくなった。「ケイトは昔からの友人なのよ。指示のあるとき以外は彼女を無視しろなんて、どう考えても不条理だわ」

「きみの考えに興味はない。ぼくが言っているのは、自分の立場を忘れるなということだ。守れないなら、もうきみには働いてもらわなくてもいいんだ」

「解雇をちらつかせて脅したりはできないわ」

「そうかな？」ダークは冷たい笑みを浮かべた。「きみは四年近くも子供の存在をぼくに知らせずにおいた。ぼくの基準では許しがたい罪だ。ぼくはそれに見合うような処置を取ってもいいと思うがね」

「躊躇（ちゅうちょ）なしにわたしを追い払って、ファーディに二度と会わせないということ？」アリソンは内心で最も恐れていることを口にした。

「そのとおり！」彼はふたりのあいだの距離をつめ、ハンサムな顔をゆがめて、情けのかけらもない仮面のような顔になった。「残酷な仕打ちには残酷な仕打ちを返されて当然だろう。そう思わないか？」

「復讐する気なのね」

「驚くことか？」

アリソンはしばらく黙って相手を見つめ、お手上げだというしぐさをした。「わたしが一度も罪悪感を覚えなかったと思う？」

「罪悪感だと？」

ダークの手が不意に伸びてきてアリソンの後頭部の髪をつかみ、ぐいと引っぱった。頭を後ろにそらされたアリソンは、怒りにぎらつく彼の目と目が合うはめになった。

「ときおり罪悪感に苦しんだくらいで、ぼくにした仕打ちへの償いになると思うのか？」

「い……痛いわ」頭皮に痛みが走り、目に涙がにじむ。だが、髪をつかんだ手の力がゆるむことはなく、叫び声をあげないように唇を強く噛むしかなかった。

「きみをどうしてやろうかと考えて、この数晩眠れずに過ごしたが、最後はいつもひとつの願望にたどり着いた。きみの首に手をかけて……こんなふうに」ダークは彼女の髪を放し、細い首に両手をかけてみせた。「息の根を止めてやりたいとね！」

これほどの恐怖の瞬間はなかった。彼の指が喉を絞めていき、顔が残忍そのものに転じるのが見えたかと思うと、酸欠で視界がぼやけ始めた。

「ダーク……お願いだから……」指で締めつけられた喉から言葉を絞り出したが、その声は恐怖でかすれていた。そのときようやく彼が手の力をゆるめ、普通に息ができるようになったが、手を放してはくれなかった。

「ぼくの足元できみが死んでいるのを見ても、満足はできそうにない」ダークはひとりごとを言うように話を続けた。「だめだ……きみを苦しめる方法を何か見つけなくては。きみが慈悲を請うまで苦しみ続けてもらいたい」

ダークの目には怒りがくすぶっているが、その両手からアリソンの震える体に流れ始めたものは、それよりもはるかに危険な何かだった。恐怖に凍えた血管伝いに熱い波が押し寄せるようで、それが張りつめた神経をかすめて新たな緊張を生み出した。ここで彼の手を振りほどかなければだめだと思ったが、左手でうなじの髪をつかまれ、頭を後ろにそらされた。右手が腰におりてきて、彼の岩のように硬い体にぐいと引き寄せられる。目に涙をにじませながら抗議の声をあげたが、ダークの唇がさっと寄ってきて唇を乱暴に奪った。唇がこじ開けられると、その気にさせるためではなく傷つけるためにしたはずの行為にも親密感が少し生まれた。

アリソンはめまいに襲われながらも、しゃにむにダークを押しのけようとした。だが、びくともしない彼の胸に両手を置いたとき、逃げようとしても無駄だとわかった。懲らしめの意図は失敗に終わり、押しつけられた彼の体の熱がアリソンの中に眠っていた厄介な感情を目覚めさせたことに、ふたりとも気づいたからだ。彼女の腿に触れている彼の腿の筋肉が張りつめ、手のひらの下では心臓が激しく打ち、彼の欲求が強烈なものになっているのがわかる。だが、アリソンが恐れていたとおり手足から力が抜けそうになったとき、不意に押しのけられて一瞬よろめき、バランスを取り戻した。

荒い息をしているのはダークも同じだった。だが、アリソンは彼のほうを見ることができず、自分の感情の激しさに身を震わせて立っていた。自分に嫌気が差したが、伏せた目の先に、彼が顔をそむけて両手を握りしめるのが見え、相手のほうがもっとひどい自己嫌悪にさいなまれているのがわかった。

「出ていけ！」

低くかすれた声に、敏感になった神経を逆撫でされ、アリソンは脚がまだ動くうちに彼の面前から、そして彼の屋敷から逃げ出した。

フラットに着いたとき、アリソンは胸が悪くなっていた。あれほどの憎しみを突きつけられたのは初めてだったが、ともかくダークは、今もわたしを求めていることをはっきりさせた。後者については得意になってもよさそうなものだったが、彼の中にあんな荒々しい欲求をかき立てる力がまだ自分にあると知っても、うれしくはなかった。困惑を覚え、自分が不安になっただけの話だ。せっかく気の遠くなるほど長い年月をかけて、彼をもう愛していないと自分を納得させたのに、一瞬にしてその気持ちがあやふやになってしまった。

「どうしたの？」居間に入ると、まだカーペットの上でおもちゃ遊びをしていたファーディが尋ねた。

「どうもしないわよ」アリソンはそうごまかし、気持ちを落ち着けようとした。「どうして？」

ファーディは首をかしげ、母親の顔をじっと見上げた。「おかしな顔をしてるから」

「たぶん、ちょっと疲れたのよ」

「そんなふうには見えないよ。えっと……」ファーディは言葉を切り、おなじみの大人っぽいしぐさで母親をじっと見た。「泣いてたみたいだけど?」

「奥様がおっしゃるのを聞いたでしょう、ぼっちゃま」サロメがすかさず割って入った。会話が危うくなったところでたまたま居間に入ってきて、すぐさまアリソンの窮地を察したのだ。「奥様はお疲れですし、ぼっちゃまはお風呂の時間ですよ」

「わかった」ファーディはため息をつき、サロメに手を取られて行きかけたが、ドア口で足を止め、母をちらりと振り返った。「泣いちゃだめだよ、ママ。パパがぼくたちのお世話をしてくれるからね」

息子のダークへの信頼は心の傷に応えたが、アリソンは気力を振り絞って表情を崩さずにいた。だが、ひとりになったとたん、椅子にぐったりと座り込み、両手に顔を埋めて嗚咽を押し殺した。

夕食前に入浴をすませ、暖かい服に着替えたが、忘れようとしても忘れられなかった。両手を首にかけ、指に恐ろしい力をこめてきたときのダークの表情。それに、キスをしてきたときのことも。傷ついた唇と喉の痛みで彼の残忍さが頭によみがえり、髪をとかすときも頭皮が痛んで、同じことが思い出された。

夕食のあいだは、気づまりなのをこらえ、ファーディの前で自然に見えるように努めていた。だが、息子がベッドへ行くとほっとして、午後に取ったメモを手に、居間でゆっくりすることができた。書き留めた内容に集中しようとしたが、まだ気持ちが乱れていて何も頭に入らず、立ち上がってキッチンへ飲み物を取りに行った。サロメが夕食の残り物を片づけている横で、アリソンはコーヒーをいれてテーブルに着いた。サロメに彼女の家族の様子を尋ねたのは、一家の暮らし向きが本当に気になったからだが、自分のことをくよくよ考えないようにするためでもあった。

「奥様」地所内の自宅へ帰る支度をしながらサロメが言った。「差し出がましいようですが、二度とダーク様のもとを離れないでくださいませ」

「どうして?」アリソンは、驚いた表情を隠すために目を伏せて尋ねた。「わたしが出ていったとき、何があったの?」

「ボルドーでは悪魔が暴れ放題でした」アフリカーンス語で言うサロメの口調は激しく、目には非難の色を浮かべ、色鮮やかなスカーフに包んだ白髪交じりの頭を振った。「ダーク様が奥様を捜すのをあきらめて、ようやく普通に戻りましたが、それでも元のあの方に戻ることはありませんでした」

アリソンはさっと顔を上げ、思わず興味を引かれた。「彼がわたしを捜した?」

「はい」サロメはかたくなにうなずき、染みひとつない食器棚の表面を布巾でもう一度ふき、その布巾を釘にかけた。「一年ほど捜しておられました」

ボルドーを去ろうとするわたしを引き留めるために指一本動かさなかったダークが、わたしを捜していたとは変だ。何が彼の気持ちを変えさせたの？　愛していたから、などというのはありえないし。

サロメがじっとこちらを見ているのに気づいたアリソンは、安心させてほしいのだと気づき、静かに言った。「二度とボルドーを離れないという約束はできないけど、ダークに出ていけと言われないかぎりは離れないと約束するわ」

サロメは安堵(あんど)の表情を浮かべてうなずき、おやすみなさいと言って帰っていった。

サロメが話してくれたことをあれこれ考えて、アリソンは寝苦しい夜を過ごした。明日をどう乗りきろうかということにも考えをめぐらせた。ケイトにはおおいに助けられたが、まだ学ぶべきことがたくさん残っている。ダークの助けはいっさい期待できないのが不安だし、気が気でない。考えがまとまらなくて眠れず、結局月曜日の朝は早く起き出して、まだ日も出ていないうちからコーヒーを飲んでいた。

アリソンは不安をかかえながらも、表向きには冷静沈着にふるまった。朝食後、ファーディをサロメに預け、自宅のフラットと同じ建物にあるオフィスへ向かった。スタッフに紹介してくれる人が誰もいないので、注文をてきぱきと処理していた女子従業員ふたりにやむなく自己紹介をした。コニー・ヘイワードとマーナ・コーリーの態度にはよそよそしく警戒したようなところがあったが、それを責めることはできない。アリソンが来るのはわかっていたらしく、すぐに案内してくれた小さなオフィスは彼女専用に用意されたものだった。なんといってもアリソンは数年の不在のあと降ってわいたように現れたわけで、気安く接してほしいなどと思うのが間違っているのだ。

十時半過ぎに最初のバスツアー客が到着した。初めは緊張していたアリソンも、自分の説明に客が興味を示してくれると、すっと気が楽になった。昨日ケイトが知識を身につける手伝いをしてくれたことにひそかに感謝したが、その思いがとりわけ強まったのは、セラーで遠くからこちらの様子を見ているダークをたまたま見かけたときだった。ダークの姿に一瞬どきりとしたが、うろたえるものですかと心に決めて再び見たときには、彼はいなくなっていた。

初めてのガイドツアーを終えると、客を試飲コーナーへ案内した。コニーとマーナのみごとな手際に助けられて、客にボルドーのワインを配り、試飲会を終えると、希望者は注文ができる時間を取った。

ボルドーの広報係としての初日を終えたアリソンは、疲れを覚えながらも自分が誇らしかった。ダークがけちをつけそうな点はいくつかあったが、この程度のことでくじけたりはしない。この地所で造られるさまざまなワインについて学ぶべきことはまだたくさん残っている。学べることはすべて学ぶことにやぶさかではないが、それには時間が必要だ。

広報係としての二日目は初日よりいくらか円滑に進んだ。続く三日目、昼食をさっとすませてオフィスに戻る途中でマイク・ペツァーに出くわした。

長身で細身、笑みをたたえた青い目、日焼けで色の薄くなった髪をしたマイクは手を差し出した。「おかえりなさい、アリソン」しゃがれ声で言う。

「ありがとう、マイク」アリソンは彼を見上げてほほえみながら手を握った。「お元気?」

「結婚して、まっとうな生活を送っているよ」

「そうですってね」

「ここ数日留守にしていたんだ。でなければ、もっと早くに訪ねたんだけど。近いうちにわが家へ来て、妻のエリカに会ってもらえるかな」彼の話し方は、相手の不在期間などなかったかのように気持ちのよいものだった。アリソンは、四年前にボルドーに嫁入りしてきたときと同じく、彼に親近感を覚えた。

「奥様にお会いしたいわ」

「ボスが来られたよ」マイクはアリソンの後ろを見やって手を放し、唐突に会話を終わらせた。いつもの笑みを唇に浮かべたまま、彼らしく片目をつぶってみせながら小声で言う。

「また今度」

マイクは葡萄園への道をそそくさと歩いていった。彼の姿が見えなくなってからアリソンはゆっくりと振り向き、近づいてくる男性と向き合った。ダークの姿に警戒心は起こらなかったが、彼の表情の何かが、今回の遭遇は愉快なものにならないだろうと告げている。ほどなく彼はそばまで来て、温かくざらざらした手でアリソンの腕を強くつかみ、日差しの下からひんやりした藁葺(わらぶ)き屋根の建物の中へ連れていった。アリソンのオフィスへ入っていくふたりを、コニーとマーナが好奇の目でちらちらと見ている。だが、それよりもアリソンが気になったのは、ダークがドアを閉めてふたりきりになったとき、にわかに心臓が不規則に打ち始めたことだった。

日曜日の午後に彼の書斎で乱暴なキスをされて以来、ダークと直接向き合うのはこれが初めてだった。アリソンは落ち着いて話ができるように、ふたりのあいだに小さなデスクをはさんで座り、相手が口を開くのを待った。

「マイクが妻帯者なのは知っていると思うが？」

ふたりのあいだのぴりぴりした沈黙が破られ、その質問に含まれた非難に彼女は嫌悪で身を硬くした。

「そのとおりよ」

「エリカは出産も間近なのだから、不必要に動揺させたくない」

彼の声は、嵐の前触れの遠雷のように低かった。またしても何かを含んだようなその言い方に、アリソンは怒りを抑えて落ち着き払った声で言った。「エリカ・ペツァーへの気遣いはご立派だけど、彼女がわたしを恐れることなど何もないし、わたしも、マイクと親しげにしていただけであなたから説教される筋合いはないわ」

「きみが彼とは友人づきあいにとどめるようにすれば、ぼくが説教する必要はないだろう──それ以上にならないようにすればな」ダークはむき出しの敵意に満ちた目を細めて警告した。

アリソンは口元まで出かかった怒りの言葉をのみ込み、そのほうが安全だという賢明な判断を下して、話題を変えた。「それだけを言いに、わたしに会いに来たわけではないでしょう?」

ダークは威嚇的な態度を多少和らげたが、まだ冷めた目をしていた。去年の冬に買ったエメラルドグリーンのウールのワンピースを着たアリソンの細い小柄な体を、その目でちらりと見た。「今度の金曜日、七人を夕食に招待している。きみにはメニューの監修と女主人役を務めてもらいたい」

「女主人役といっても、必ずしも食事の席に一緒に着くわけではないと思っていいのかしら?」アリソンは自分の立場をもっとはっきりさせたくて尋ねた。

「そう考えてもらっていい」

やはりそうだったとわかっても、思っていたほどの安堵は得られなかった。深く傷つき、その痛みに対抗するには怒りを奮い起こすしかなかった。「では、わたしは名誉ある使用人の役まわりなのね?」

「そのために給料を払っている」

にべもなく言われて、こちらを見ている冷たく無表情な目をのぞき込むと、さっきの痛みが剣のように突き刺さって、血が流れるような思いがした。

無言で向き合っているふたりは、かつては恋人同士だったが、今は他人だ。ふたりのあいだに敵意がつのる中、アリソンは彼の狙いどおりに自分が傷ついたことを、なんとか気づかれないようにした。

「夕食の席順を決めるので、招待客のお名前をもらえるかしら？」アリソンは自分でも驚くほど穏やかで事務的な口調で尋ね、ノートと鉛筆を手に取ると、黙って彼の返事を待った。

「隣の農園のアンダーソン夫妻とドゥウィット夫妻、それにパールのバッソン夫妻だ」

フレッドとアイヴィーのバッソン夫妻はアリソンも知り合いだ。ダークと結婚する前の数週間、夫妻のもとで暮らしていたからだが、今は思い出にふけっている場合ではない。

「それでまだ六人よ」アリソンは指摘した。

「イヴェット・ポールソンが七人目だ」

「ああ、そうだったわね」アリソンは苦々しい口調になるのをかろうじて抑え、貫かれるような痛みを隠そうとしてノートに目を落とした。「ボルドーで何かするときにイヴェットが呼ばれないことは一度もなかったし、今も同様のようね」

「それの何がいけない？」ダークは厳しい口調で尋ねた。険のある言い方だった。

「いけなくはないわ。ただのひとりごとよ」アリソンは彼の言葉を一蹴し、イヴェットの名前をリストに加えた。内心では大きな苦痛に手がぶるぶる震えそうなのに、その手が落ち着きを保っているのがひそかに誇らしかった。「メニューに関して、何か好みはあるかしら？」

「何もない」

無愛想に言われて、アリソンが何気なく見上げると、ダークはあざけるように口をゆがめた。

「とはいえ、もちろんボルドーの基準にかなう食事でなければならない」

まただ。彼の声には脅しが含まれていて、はっきりとこう言っている。〝何かおかしなことをやってみろ、すぐにくびだ！〟おそらくそうだろうとは踏んでいたが、もう疑う余地がない。ダークは、わたしのボルドーでの生活を思いきりつらいものにしてやろうと考えているのだ。

「最善を尽くすわ」

「最善以外は認めない」

ダークが出ていったあと、小さなオフィスには彼の存在がいつまでも感じられ、アリソンは内心どうにも落ち着かなかった。なぜ彼にこんなふうに傷つけられてしまうのか、まるでわからない。わたしはもう彼と結婚したときの世間知らずな娘ではない。自分の考えを持った二十四歳の女性だ。長い時間をかけて、自分の中にちゃんと自信を築き上げてきた。それなのに、なぜ彼がわたしをこうもひどく扱うのを許しているの？　それに、なぜ彼は今もわたしを傷つける力を持っているの？

5

金曜日、アリソンは夕食会を目前にしておびえていた。キッチンのスタッフとメニューを検討し、ボルドーで最高のワインを選び、料理の下準備の様子もほぼ自分の目で確認したが、それでも不安でぴりぴりしていた。日中、仕事をしながら準備にも気を配るのは疲れたが、うまくやれていた。忙しいおかげで、ほかのことをほとんど考えずにすんだからだ。だが夜になってひと息つき、自分の姿を鏡で確認していると、ディナーはダークに満足してもらえるだろうかと、いつの間にか案じていた。

選んだ黒いドレスは明るい肌色を引き立て、柔らかな生地が小さい胸と細いウエストの線をきれいに出している。焦げ茶色の髪は、動きやすいように後ろで形よくまとめた。鏡に映った姿は落ち着きのある洗練された女性に見えたが、内心は不安におののいていた。

キッチンに行くと、ファーディは入浴をすませてパジャマにガウンをはおっていた。シチューの味見をしていたサロメが振り返り、怖い目をしたので、アリソンはあわてて言った。「わたしの分はオーブンに入れておいて、サロメ。あとで食べるから」

「どうしてダーク様と夕食をご一緒になさらないのか、わたしにはわかりません」サロメは困惑に怒りを交え、前にも言ったことを繰り返した。

「言ったでしょう、サロメ」アリソンはいくぶん皮肉な笑みを浮かべた。「女主人役を務めに行くのであって、お客ではないって」

「でも、奥様――」

「ファーディをいつもの時間に寝かせてやってね」アリソンはサロメの抗議をさえぎり、息子の額に軽くキスをすると、ダークの女主人としての義務を果たしに出かけた。

ひんやりした夜だったので、ダークの屋敷に着いて木製の家具が置かれたダイニングルームに入ると、暖かさがありがたかった。アリソンは厳しい目で食卓を見渡し、銀食器が白いダマスク織りのクロスの上に並び、クロスに合わせたテーブルナプキンが添えられているのを確認した。枝つき燭台にはキャンドルが置かれ、ディナーの開始前に火をつけるばかりになっている。鮮やかな黄菊を平たい楕円形にしつらえたアレンジメントが、華やいだ食卓に色を添えていた。

ダークはどこだろうと思ったものの、ほかのことで頭がいっぱいだった。玄関ホールを横切って、広いキッチンへ急いで行き、準備は万全か確認した。

海老のカクテルは食卓に出すばかりの状態で冷蔵庫にあり、オーブンでロースト中の肉汁たっぷりのラム肉は、時間どおりに仕上がるとスタッフがあわただしく伝えてくれた。

新鮮な野菜は鍋で煮えており、スポンジケーキに焼きりんごを詰めた温かいデザートも仕上がっていて、シナモンソースとともに保温用オーブンに入っている。赤ワインは、香りをたてて強い渋みを逃がし、口に含むとなめらかさが得られるよう、少し前にデカンターに移してある。

玄関の呼び鈴が鳴ったとき、アリソンは動揺してキッチンの壁時計を見上げた。六時半だわ！ 最初の招待客が到着していたので、急いで玄関ホールへ行き、役目どおりに客を出迎えた。

ドゥウィット夫妻とアンダーソン夫妻からコートを受け取っていると、ダークが玄関ホールに入ってきた。アリソンは客たちからの好奇の視線に当惑していたが、ダークが現れるとさらに動揺し、心臓が苦しいほどに跳ね上がった。タキシード姿の彼は恐ろしくハンサムで、気づくとアリソンはスターに夢中のティーンエイジャーのように、少しのあいだ彼に見とれていた。だが幸い、その失敗は気づかれずにすんだ。ダークは客たちを出迎え、食前の飲み物を供するために居間へ案内していった。

「しっかりしなさい！」アリソンはぴしゃりと自分に言い聞かせ、腕にかかえたコートを玄関ホールの古風なコートハンガーにかけに行った。

かけ終わるやいなや、また呼び鈴が鳴った。今度はフレッドとアイヴィーのバッソン夫妻だった。温かで親切な中年夫婦のふたりは、アリソンがいるのを知っていたようで、再会を心から喜んでいるのがその表情からうかがえた。だが、アリソンがふたりのコートをかけ終え、手ぶりで居間へどうぞと示す段になって、彼らの喜びは驚きに変わった。

「あなたは一緒ではないの?」アリソンがついてこようとしないのに気づいたアイヴィーは、すっかり当惑して尋ねた。

「ここには、息子の健康のために従業員としているだけなんです」アリソンは気まずく思いつつも、自分の立場を簡潔に説明した。

「でも――」

「ああ、お着きですね」ダークの声がアイヴィーの抗議をさえぎった。

彼が夫妻をほかの客たちのところへ連れていくのを、アリソンは安堵に近い気持ちで見送った。

まだ到着していないのはイヴェットだけだったが、過去の経験から、どんな場にも彼女が決められた時間に着くことはないとわかっていた。いつも遅刻で、あっぱれとしか言いようのない登場のしかたをしてきたから、今夜も例外ではないだろう。アリソンはやきもきしながら、キッチンと広い玄関ホールを行き来したが、十分たって玄関の呼び鈴が鳴り、イヴェットの到着を告げた。

イヴェットは、アリソンの記憶にあるよりもさらに美しかった。白い毛皮のケープの下は、すみれ色のイブニングドレスで、長身で均整の取れた体の曲線を際立たせ、大きなグレーの目の色を深く見せている。漆黒の髪を頭の上で流行の形にまとめているので、ほっそりした喉元に目を引きつけられる。そこには高価なダイヤモンドとサファイアのネックレスが、頭上のシャンデリアの光を受けてきらめいていた。相変わらず無邪気なように見えて信用ならず、その愛らしい口からこぼれる言葉は、相手がアリソンの場合にはいつもどおりの悪意に満ちていた。

「こそこそと戻ってきたわけね」イヴェットは辛辣に言った。「今回はどれくらいいるのかしら？」

アリソンはきつく言い返したいのをこらえ、愛想笑いを唇に浮かべた。「ケープをお預かりするわ」

イヴェットが肩から毛皮をはずし、待ち受けるアリソンの手に渡したときには、その関心はもうほかへ移っていた。

「ダーク、ダーリン」イヴェットは甘い声で言うと滑るように床を進み、彼の広げた腕に飛び込んだ。

ダークが頭を下げてイヴェットの象牙色の頬に唇をかすめたとき、アリソンはその場に立ちすくんだ。

「間に合ってよかったよ、イヴェット」

ダークの片腕はまだイヴェットの腰にまわされたままで、ふたりは居間へ向かおうとしている。

「あなたからの招待をないがしろにするはずがないでしょう」イヴェットは挑発するように言うと、頭を傾けて彼の肩に一瞬触れさせた。

ダークはその機に乗じてアリソンのほうをちらりと見た。あざけるような彼の目は、何か言ってみろと言わんばかりだったが、何か言いたくても身がすくんで反応できず、胸に逆巻く感情を見せないように顔をこわばらせていた。

しばらくして、玄関ホールにひとりでいたアリソンは、イヴェットのケープを指が痛くなるほど強く握りしめていたことに気づき、急いでフックにきちんとかけに行った。四年前の記憶が、まるで昨日のできごとのように頭をよぎる。今は過去の苦い経験を思い出すときではないとわかっていても、潮が押し寄せるように記憶があふれ出すのを止められない。

すぐに気を取り直したが、じゅうぶん落ち着いてキッチンに戻るには、永遠とも思えるほど時間がかかった。そのあとアリソンは、ダイニングルームのキャンドルをともしてディナーの開始を知らせる時間まで、キッチンを出ないようにした。

料理の面では、今夜は大成功だったと言えた。食卓では楽しげに会話が交わされていたが、その場の空気には一定の緊張感がないわけではなかった。ドゥウィット夫妻やアンダーソン夫妻とはアリソンは初対面だったが、彼らは今夜ダークの屋敷に彼女がいることに、明らかな好奇心を示していた。だが、バッソン夫妻の好奇心はまったく別の理由からのものだった。彼らにとって彼女は、別居していてもダークの妻だった。アリソンが食卓とキッチンを行き来しなければならない一方で、ダークのほうはイヴェットのご機嫌取りをしているのを見て、ふたりはしきりに眉をひそめた。

「あなたの使用人としての働きはすばらしいわね」アリソンがコーヒーのワゴンを最後に運んだとき、イヴェットが甘ったるい声で辛辣に言った。「ほかのことでは、素質があると思ったことはないけど」

食卓のまわりで会話がやんだ。客たちは息をするのも怖いかのようにいつまでも押し黙り、その表情は強い好奇心から不快感までさまざまだった。

全員の注目を浴びたアリソンは、準備もなく舞台に引っぱり出された者の気分だった。集まった視線は、何かやってみせるのを期待しているようで、アリソンは屈辱で頬を熱くしながらも、報復することを選んだ。イヴェットが意地悪な猫のようなふるまいをしたいのなら、猫扱いを受けるがいいわ。

ずっと演じてきた冷静な態度を懸命に保ちつつ、銀のミルクピッチャーを持ち上げると、トレイから皿を一枚取り、イヴェットのほうを向いて何食わぬ顔で尋ねた。「ミルクはいかが？」

あざけりは狙いをあやまたず、ダークをのぞく全員から忍び笑いがもれる中、イヴェットは目をぎらつかせて、さっと立ち上がった。

「よくもやったわね！」

凶暴な蛇を吐き出したかのような言葉に、実際に襲われる光景がアリソンの目に浮かんだ。

だがイヴェットは、アリソンではなく、険しい顔で椅子から立ち上がっていたダークのほうを向いた。「彼女にわたしをこんなふうに侮辱させておくつもり？」イヴェットは金切り声で言った。

ダークは冷たい怒りに燃える目でアリソンを焼き尽くすように見つめ、彼女の脇をかすめて通ると、イヴェットの肩に優しく手を置いた。「あとで言っておくよ」彼がなだめると、イヴェットの怒りが引いて凶暴な目つきがもとに戻った。「座って落ち着くんだ、イヴェット」ダークは静かに言い、彼女を椅子に戻らせた。

アリソンがコーヒーを注いでまわるあいだ誰も口を開かなかったが、たまたまフレッドに目をやったとき、励ましとわかるウィンクを彼がよこすのが見えた。そのあと、ゆっくりと会話が再開した。

十時過ぎに客たちが帰り支度を始めると、アリソンはコートを渡して挨拶をしたが、イヴェットはまだ居間に居座っていた。ダークが自分で見送ればいいわと思い、アリソンは裏口から冷たい夜気の中へそそくさと出て、わが家の居間の光が招くほうへ向かった。

キッチンに入っていくと、サロメは刺繍を片づけ、アリソンのやつれた表情に物問いたげな目を向けたが、今回は遠慮して何も言わなかった。そしてアリソンの夕食をオーブンから出してテーブルに置いただけで、おやすみの挨拶をして帰っていった。

アリソンは座ってテーブルに肘をつき、食事の皿を見つめた。シチューは見た目も匂いもおいしそうだったが、今は気が張りつめていて、ひと口も食べられない。頭があまりにも重いので頬杖をつき、サロメが取り置いてくれた夕食から上がる湯気を見るともなく見つめていた。

キッチンのドアが開き、はっと見上げると、正装のままのダークの大きな体がドア口に立っていた。ドアを閉めてテーブルに近づいてきた彼の冷たい視線は、すばやく感情を抑え込んだアリソンから、その前に置かれた手つかずの食事の皿へと移った。彼が激怒していることは、その動作やこわばった顎を見ればわかった。

彼女は校長先生と対面した女子生徒のように緊張して立ち上がったが、声は冷静で、いつにない皮肉をこめて尋ねた。「ご満足いただけたかしら？」

「イヴェットに対するきみのふるまいを除けばな」彼は即座に声を荒らげて責め立てた。「あんな意地悪な言葉を無視しろというの？」

「ぼくの客人だった」

「では、わたしはなんなの？」

「きみは雇われた使用人だ。イヴェットがそう指摘したとおり」

「わたしと離婚して彼女と再婚すればよかったのよ」

アリソンが思わずそう口にすると、ダークは目をぎらつかせたが、そこには怒りと、何かほかのものが浮かんでいた。それが何かはわからない。

「なぜそうしなかったの、ダーク?」

「離婚する権利はじゅうぶんあっただろうが、結婚したままで不都合はなかった」

「今の状況でも欲しいものが手に入るなら、離婚にはこだわらないということ?」アリソンは容赦なく尋ねたが、彼の顔にどす黒い怒りが浮かんでいるのを見て、今回は言いすぎてしまったのがわかった。

「口に気をつけろ。さもないと、息子の母親だということを忘れて追い出すかもしれないぞ!」

威嚇するように見おろして脅されたが、彼女の口はもう止まらなかった。「とにかく、使用人以上のなんらかの身分を授けてくださって感謝するわ」

ふたりのあいだの沈黙は、電流が走りそうなほどの緊張をはらんでいた。

ダークの大きな手は椅子の背もたれを指関節が白くなるほど強くつかんでいた。

「最初で最後の警告だ」彼はすごみのある声で言った。「今後イヴェットに対するふるまいには気をつけろ。さもないと、一生後悔することになりかねないぞ」

アリソンはなんとも言えない気持ちで、こちらを見おろしているダークを見た。「彼女は、あなたにとってそんなにも大切なの？」

「ああ、そうだ」

ためらうこともなく、ただあっさりと肯定されて、アリソンは骨の髄まで傷ついた。

「わかったわ」かすれ声でつぶやき、まつげを伏せて、目にあらわなはずのみじめな思いを隠した。

「パパ？」内扉のほうから小さな声が聞こえ、苦しいほどに張りつめた沈黙を破った。ふたりが振り返ると、縞模様のパジャマ姿で黒髪がくしゃくしゃになったファーディが立っていた。

「やあ、ファーディ」アリソンがまだ声も出せずにいるあいだに、ダークはよどみなく言った。「なぜベッドでぐっすり眠っていないんだい？」

「寝てたけど、目が覚めて、パパとママが話してるのが聞こえた」ファーディは言い、裸足でキッチンに入ってきた。

「ミルクを飲む？」ようやくアリソンも、自然に聞こえるように努めながら尋ねた。

「ううん、いい」ファーディは首を横に振った。

「なら、ベッドに戻るんだ」ダークは息子を抱き上げ、ドアロへすたすたと向かった。

「ママ？」ファーディがダークの広い肩越しに尋ねた。「ママも来る？」

「もちろんよ」あわてててわれに返って言った。

アリソンはダークの長身の姿のあとについて薄暗い廊下を進み、ふたりでファーディをベッドに寝かしつけ、おやすみのキスをした。こんなふうに一体感を覚えているのが不思議だ。でも、家族として一緒に過ごす未来がないことは、悲しいけれどわかっている。ダークの人生におけるわたしの居場所は、現在引き受けている役割以外にない。でも、いちばんせつないのは、ああも無情で、ときに残酷なやり方も辞さないこの人を、わたしは今も愛しているとわかったことだ。つらいけれど、疑いようがない。彼がファーディにほほえみかけるのを見たとき、灼けつくような愛情を感じた。もしダークがイヴェットに対してこんな気持ちでいるのなら、ほかのことはともかく、彼に謝らなくては。

「今後、ファーディが近くにいるときは、お互い言葉にはもう少し気をつけなくてはな」しばらくしてふたりでキッチンに戻ったときに彼が言い、アリソンはぼんやりとうなずいた。

「ダーク……」実のある謝罪にしたかったが、言葉は彼の冷たい目を見て唇の上で凍りつき、ありきたりな謝罪の言葉に頼るしかなかった。「ごめんなさい……本当に」

ダークはまるで謝罪に腹を立てたかのように顎をこわばらせ、大きな両手を脇で握りしめると、大股でフラットを出ていった。目の前の冷えた食事よりもさらに冷えた思いをかかえたアリソンを残して。

　ダークに対して今も抱いている感情に気づかされたことで、アリソンのボルドーでの生活はなおさらつらいものになった。支払われる給料は桁はずれに高額だったが、数週間が過ぎてわかってきたことは、ダークはその給料に見合うだけ、それこそ奴隷のように働かせるつもりだということだった。

　平日は観光客をセラーのツアーに案内する仕事に費やされた。バスに乗った観光客が、天気を問わず一日二回の定刻にボルドーへ到着し、地所のワインを試飲して、ワイン造りの精緻さを学んでいくのだ。

　時間がたつにつれ、ワインについて詳しくなっているのは当然だった。仕事の幅も広がり、いつの間にか会議やワインの競売に参加するだけでなく、見込み客と面会したり広報責任者を務めたりするまでになった。こういう方面では本当に経験が少ないアリソンには、仕事量も膨大で怖くなることもあったが、コニーとマーナが、当初の警戒心が薄れて以降はおおいに助けになってくれた。ダークのたくさんの友人や仕事仲間を招いて女主人役を務めるという要請がない夜は、翌日の準備をして過ごし、真夜中になるまでベッドに入らないことも多かった。

　自分の社交生活を追求する機会はほとんどなかった。マイク・ペツァーの妻のエリカには会ったが、女の子が生まれてすぐに短時間訪問しただけだったし、ケイトとライノに会えるのも、彼らがボルドーに来るときだけだった。

「こんなのはばかげているわ！」ある夜、ケイトがパーティーの席を抜け出し、キッチンにいるアリソンのところへ来て怒りを爆発させた。「あなたはわたしたちと一緒にあちらにいるべきで、このキッチンで誰も彼もの言いなりになっているべきじゃないわ。それに、なぜイヴェットの当てこすりをあんなに我慢しているのか、とても理解できない！」

「あなたにはわからないことがたくさんあるのよ、ケイト」

「またそれを言うのね」ケイトはそっけなく言った。

「イヴェットの幸せが、ダークには大切なの」

「あなたがあんなふうに恥をかかされて、その場にいても何もしないほど、彼にはイヴェットの幸せが大切なわけ？」ケイトはいつもどおり率直に尋ねた。「ねえ、アリソン、あなたは彼の妻なのよ！」

アリソンはこみ上げる涙をぐっとこらえた。「彼のもとを去ったとき、彼に気遣ってもらう権利を失ったのよ」

「信じられない！」ケイトはあきれて叫んだ。

「何が信じられないだって、ケイト？」

ダークが物音ひとつたてずにキッチンに入ってきていたので、ふたりは不意打ちを食らった。

だが、ケイトはひるむことなく、猛然と彼に食ってかかった。「仕事仲間や友人みんなの前で自分の妻にあんな仕打ちをするなんて、まともとは思えないわ。アリソンを辱めてなんとも思わないあなたを見ていると、胸が悪くなるし、誰かが思いきって、あなたにそう言ってもいいころよ！」

ケイトが怒りを爆発させたあと、恐ろしい沈黙が続いたかと思うと、そびえるように立つダークが威圧的に見おろした。完璧な仕立ての黒いスエードジャケットの下で広い肩が動く様子から、怒りだけでなく、いらだちが見て取れた。

「きみには関係のないことに口をはさまないでもらいたい、ケイト」彼は有無を言わさぬ調子で告げた。

「わたしだって、友人があんなふうに侮辱されるままになっているのを見れば放っておけないわ」ケイトは冷たく言い返し、彼の威圧をものともせずにアリソンのほうを向いた。

「ライノとわたしは帰る時間だから、おやすみを言うわね」

ケイトは今夜の主人にすばやい一瞥を送ることすらせずに堂々とキッチンを出ていった。

残されたアリソンはひとりでダークに向き合った。「ごめんなさい、ダーク」この場の一触即発の沈黙を破ろうとして、やっとのことで言い、腰に結んでいたエプロンをそわそわといじる。「ケイトはわかっていないのよ。だから許してあげて」

「ひどい扱いを受けていると言って、彼女の肩で泣いていたんだな」ダークは持ち前のとげとげしさで非難した。

「そんなことはしていないわ！」

彼はいきなりアリソンのそばに立ちはだかり、彼女の喉に手をかけ、親指を顎に当てて顔を仰向かせて唸（うな）るように言った。「ときどき自分が何を考えているのかわからなくなることがある。ファーディだけ引き取って、きみはしかるべく地獄へ送ってしまえば、いらだちも欲求不満もずっと少なくてすんだだろうに」

ダークからとてつもない憎悪が発せられていて、アリソンは泣きたくなった。わたしが彼をこんなふうにしたのだ。誰にも責任転嫁できない。

「あら、ここにいたのね、ダーリン」

イヴェットの甘ったるい声を聞いてダークは手を脇におろし、アリソンから離れた。

「あなたはどうしたのかしらって、みんなで言っていたのよ」

「ちょっとした問題が起こって、解決が必要でね」

ダークがよどみなく答えると、イヴェットはわがもの顔で自分の腕を彼の腕に滑り込ませた。

「仕事に手違いがあったんでしょう、アリソン?」イヴェットの笑みは胸が悪くなるようで、甘ったるい声には棘（とげ）があった。

ダークが吠えるように短く笑ってイヴェットを連れ去ったので、まさしく踏んだりけったりのアリソンは怒りに震え、料理の皿を持った指に力を入れた。キッチンの壁に皿を投げつけて鬱憤を晴らしたくてたまらない。だが、すばやく気持ちを抑え込むと、深呼吸をして自分を落ち着かせ、不本意ながらも唇に笑みを貼りつけて、料理の皿をキッチンから運び出した。

混み合った居間に入ると、ケイトとライノが帰るところだった。ダークとライノは何もなかったかのように握手をしていたが、ケイトはダークを、気の弱い男だったら縮み上がりかねない冷淡な目で見つめた。だがダークは、おもしろがるように片眉をかすかに上げただけだった。少なくとも喧嘩別れではなかったので、アリソンはほっとした。

真夜中を過ぎてもパーティーは続いたが、アリソンは十一時過ぎにダークから今日はもういいと言われ、ありがたく抜け出して、居心地のよい自分のフラットへ戻った。居間に入ると、暖炉にはまだ火が勢いよく燃えていた。

あまりに気が張りつめていて寝る気になれなかったので、アリソンは寝支度をすませると、暖炉前の椅子に体を丸めて座った。ぱちぱちはぜる暖炉を見つめ、揺れる炎の熱を顔に感じた。ダークはわたしを地獄へ送ってやりたいと今まで何度か口にしたけれど、地獄のかまどへ送り込む必要などない。わたしは自分で作り出したわたしだけの地獄にいて、いつでも痛みやわびしさや絶望にさいなまれている。自業自得だということはわかっているし、受け入れられる。でも、どうしてもわからないし、受け入れられないのは、ダークとイヴェットとの関係だ。ふたりがどういう関係かを、なぜあんなにひた隠しにするのだろう？　妻のわたしにも言えないとはどういうこと？　ふたりがいつもお互いの腕の中に引き寄せられるのは、愛があるからなの？　もしそうなら、いったいなぜイヴェットと結婚しなかったの？

閉じたまぶたの裏が熱くなり、あふれ出した涙が長く濃いまつげを伝って頬を流れ落ちた。涙を止めようとは思わなかった。アリソンは急に疲れを感じて指一本動かせなくなり、ただそこに座ったまま熱い涙が頬を伝うにまかせた。泣くなんてばかだ。涙で何かが解決したことなどないのに。だが、時間がたつにつれ、夕方以降つのる一方だった緊張と欲求不満が和らぎつつあるのは認めざるを得なかった。もしもケープタウンで住んでいたフラットに戻れるなら、今ならなんだって差し出すだろう。現在経験しているような緊張や苦悩がまるでない、快適な生活が送れていたのだから。でも、振り返ってもなんにもならない。向き合うべきは未来だ。その未来は、星のない夜よりも暗いものに思えるけれど。

6

太陽がドラケンシュタインの山々の上にかろうじて顔を出したとき、アリソンは誰かが寝室に入ってくる音で目を覚ました。薄目を開けて見てみると、ファーディがベッドに近づいてくる。お気に入りのブルージーンズにチェックのシャツを着て、爪先立ちでそっと歩いているが、母親が起きているとわかると、ベッドのかたわらに上がってきた。

「今日は起きないの？」ファーディが子供っぽい嫌みで尋ねた。

その瞬間、息子がダークにそっくりに見え、アリソンはとっさに防戦した。「だって、この何週間で、ちょっぴり朝寝坊できる初めての朝なのよ」

「朝ごはんにサロメがママの大好きなチーズオムレツを作ってるよ」ファーディは説得に必死だ。

「じゃあ、起きなきゃね」アリソンはほほえむと、枕にもたれて伸びをし、あくびを手で押さえた。

「うん」ファーディは大喜びで、ベッドの上で飛びはねた。「起きて、起きて、起きて！」

「ああ、なぜこんな目に遭わされるの?」アリソンはふざけてうめき声をあげ、息子をかたわらに引き倒して、久しぶりにレスリングごっこをした。

「大好き、ママ」笑い声がとだえたとき、不意にそう言って、ファーディは母親の首に抱きついた。

「ママもよ」アリソンは熱っぽく答えて息子を抱きしめ、短い黒髪をいとおしそうに指ですいた。

「パパも大好き」ファーディは体を少し後ろに引いて、顔色をうかがうようにじっと見つめた。

「よかったわ」彼女は胸をつまらせてささやいた。

「ママもパパが好き?」

その質問はいくらかショックで、アリソンは一瞬言葉につまり、それから気を落ち着けて慎重に言った。「あなたのお父さんをどう思うか、今すぐには言葉にしたくないの。だから、ママが服を着るあいだ、キッチンに行って待っててね?」

「いいよ」ファーディは体をくねらせて母親の腕から逃れ、ベッドからおりた。だが、ドア口まで行くと振り返った。「ぼくはこの農園にいるのが好き」

アリソンは息子が出ていったあと、しばらくベッドに座って最後の言葉を考えていた。なぜあんなことを言ったのだろう。あの子はあっという間にこの新しい環境になじんだから、またわたしに移動させられて、好きになった父親から引き離されることを恐れているの？　もちろん、それはありえないけれど、ダークがわたしに出ていけという可能性はいくらでもある。もしそうなったら？　ファーディは、わたしがいなくても、ここにいて幸せかしら？

彼女は気の滅入るような思いを断ち切り、三十分後には暖かいベージュのスラックスとエメラルドグリーンの厚手のセーターに身を包み、ファーディと朝食をとるためにキッチンへ入っていった。息子とこうしてふたりきりで過ごすのは楽しく、アリソンはできるだけそういう時間を持つようにしていた。

ダークは要求の厳しい夫だったが、それ以上に雇い主として人使いが荒い。今日はボルドーに来て初めての、一日ずっと自由に過ごせる土曜日だ。ファーディが遊びに出ていくと、アリソンはノートと鉛筆を手に取り、町へ買い物に行くためのリスト作りをした。長いリストがほぼ完成したとき、数週間前にダークが居間に設置した電話が鳴った。

「まさか！」アリソンはがっくりした。「初めての週末なのに、仕事ができたなんて言わないで！」

アリソンがようやく電話に出たとき、声のいらだちは誰にも聞き逃しようがなく、ケイトの声がすぐに申し訳なさそうな調子になった。

「何かお邪魔をしちゃったかしら？」

「いいえ」アリソンはほっとして笑った。「ダークかもしれないと思って、臨戦態勢に入っていたの」

「ダークといえば」ケイトは言った。「昨夜は口が過ぎてごめんなさい。あなたの助けになるべきなのに、かえってことを荒立ててしまって——」

「ケイト、いいのよ」アリソンは急いでさえぎった。「あなたがああ言ったのは友達だからで、わたしを思ってくれてのことだもの。感謝しているわ」

「わたしは自分をそう簡単に許せないわ」ケイトは電話の向こうで唸るように言ってから、話題を変えた。「今日の午後はおひまかしら？」

「ええ、今のところは」

「うちへお茶とおしゃべりをしに来ない？　あなたにはめったに会えないんだから」

「ありがとう、うれしいわ」アリソンは応じた。

「よかった！」

買い物リストを完成させにキッチンへ戻ったとき、アリソンの気分はずっと軽くなっていた。ファーディを隣に乗せてルノーでパールに向かうときには、ひとりで鼻歌を歌っているほどだった。

晴れた暖かい冬の朝で、空には雲ひとつなかった。リストに沿って買い物を進めていると、自分の問題もほぼ忘れることができた。近ごろ服がみんな小さくなってしまったファーディのために服も何枚か買った。午前中はティールームで締めくくった。ファーディがクリームをのせたスコーンの皿を空にするのを見つめながら、アリソンは信じがたい思いでいた。これが、あの息ができずに苦しんで、自分が何時間も看病した子供だろうか。青白く、やせっぽちで、元気のない子供は姿を消し、きらきらした目と薔薇色の頬をした、日に焼けた健康そうな男の子がいる。息子のこの目覚ましい変化については、ダークに強い感謝の念を覚える。

ボルドーに戻ったのは昼少し前で、サロメが出てきて買い物の包みをフラットに運ぶのを手伝った。スコーンとお茶でアリソンの食欲はなくなっていたが、ファーディは昼食の席に着くと、さっきむしゃむしゃ食べたスコーンをものともせずに食事を平らげた。

「シャツを着替えて、顔と手を洗いなさい」

ファーディがついに皿を押しやり、椅子からおりると、アリソンは言った。

「ソリテールのケイトおばさんのところへ行くのよ」

「ぼく、行けないよ」ファーディが居間へついてきて言った。

アリソンはぱっと振り向き、眉をひそめて息子を見おろした。「行けないって、どういうこと?」

「今日の午後はパパと葡萄園に行くんだよ」

「まあ」この新事実に一瞬息が止まる思いがした。

「ママも来ていいよ」

「いいえ、それはどうかしら」落胆をのみ込んで、ゆっくりと答える。「でも、あなたがきれいなシャツに着替えて、顔と手を洗うのに変わりはないわ」

「ほんとに、そうしなきゃだめ？」ファーディはいやそうな顔で見上げた。

「お母さんの言うとおりにしなさい、ファーディ」玄関から突然、ダークが言った。さわやかな香りの谷風を入れようと、ドアは開け放してあった。

「はい、パパ」ファーディは即座に父の言葉を聞き入れ、文句も言わずに、言われたことをしに行った。

「今は新しい枝が育つように葡萄の木を剪定(せんてい)している最中だから、新たに接ぎ木した若枝の状態を調べに行きたいんだ」

アリソンがどうにか感情を落ち着かせてダークに顔を向けると、彼は説明した。

「ファーディはぼくとトラックにいるから安全だ」

「わかっているわ。ファーディはすっかりあなたになついているわね」

言わなければよかった。彼の目が皮肉っぽくきらりと光り、眉が上がるのが見えた。

「それが気に入らないとでも？」

「いいえ」彼女はいらだちを覚えて顔をそむけた。「男の子には、愛して尊敬できる父親が必要だわ」

外では風に木々がそよいでいるが、続いて訪れた沈黙の中で、ダークが背後に近づいてくると、アリソンは自分の中で何か別のものがかき立てられ、息づくのを感じた。彼の手が肩に置かれ、その感触がシルクのブラウスの下の身を焦がしていく。

「男の子には母親も必要だ」ダークは重々しく言うと、彼女の体をまわして、ふたりが向かい合うようにした。だが、ファーディがそのときを選んだように戻ってきた。ダークは表情ひとつ変えず、アリソンがボルドーに戻ってから知るようになったあの厳めしい仮面があるばかりだった。

「準備できたよ、パパ」ファーディは父親と母親を交互に見た。

アリソンの肩からダークの手がおろされ、彼女の心にぼんやりと喪失感を残した。

「では、行くぞ」ダークはファーディの手を取った。

ボルドーはきわめて美しい地所だが、常に緊張が高まっているので、テラスでケイトとお茶をともにする午後のソリテールは平穏なオアシスのようだった。エロイーズがおもちゃに囲まれた毛布に座り、冬の日だまりの中で、うれしそうに喉を鳴らしている様子に、アリソンは不思議なほど心が安らいだ。

ケイトの話題は、当然ながら地所の仕事を中心に展開した。彼女はソリテールのあらゆることに積極的にかかわっていて、アリソンはその会話から、はからずもワイン栽培についてまた知識を蓄えた。葡萄の木の剪定は、次の季節の収穫を左右する重要な作業であり、また、冬の終わりから春の初めの月にはじゅうぶんな降水量が必要だ。乾燥した暑い季節が葡萄の糖度を高めるが、ワイン醸造業者にとっては、必ずしも望ましいことではない。

話が必然的にダークに及ぶと、ケイトは言った。「ダークはわたしの父を思い出させるところがあるわ」追憶にふけるような目で、庭の向こうにある遠くの葡萄園を見つめた。「父は自分の考えを人に問うことをよしとしなかったし、めったに自分の行動を説明しなかった。だから、他人が父を理解するのは困難だったわ」ケイトは笑った。いらだたしげな、かすかにおかしそうな笑い声だった。それから落ち着いたまなざしを、かたわらの椅子にじっと座るアリソンに戻した。「あのころは、わたしでさえ父の論法が理解できなかった」

「ダークみたいね」アリソンは悲しげにほほえんだ。「結婚生活が危機に瀕したときでさえ、彼は自分の厳格な主義を通して、なんの説明もしなかったわ」

「どこかに明快な説明があるはずよ」ケイトはもどかしそうに言い張った。

「あるわ」アリソンはきれいな形の唇を皮肉っぽくゆがめて認めた。「彼はわたしを愛したときよりもずっとイヴェットを愛しているのよ」

「そんなことは絶対に信じられないし、信じない」ケイトは嫌悪をあらわにして声を荒らげた。

「ほかに説明がつかないわ」アリソンは平気なふりを装って肩をすくめ、鉤爪ではらわたを引き裂かれたような痛みを隠そうとした。そして、ケイトの宝物にすばやく話題を変えた。「エロイーズは、初めて会ったときからずいぶん大きくなったわね」

「この子は父親の秘蔵っ子よ」ケイトは笑い、まるまる太った娘を膝に抱き上げ、べとべとのクッキーを手から取り上げると、その手を紙ナプキンでふいた。「ライノが言うには、この子はわたしのぞっとする気性と彼の鋼のような意志の強さを持っていて、それはなかなか衝撃的な組み合わせだそうよ！」

「幸せな結婚生活を送っているのね、ケイト？」

「ええ、もちろんよ」ケイトは少し驚いて顔を上げた。「どうして？」

「噂を聞いた気がしたのよ。あなたが無理やりライノと結婚させられたという噂を」

続いて訪れた沈黙のあいだ、ちらりと目を上げると、ケイトのサファイアブルーの目に怒りの火花が燃え上がっていた。だが、その怒りはすぐ、奇妙な悲しげな表情に取って代わられた。

「ライノとの結婚は強いられたものだった」ケイトの告白は衝撃的だった。「父は遺言書で、わたしがソリテールを受け継ぐには、この結婚を条件にすると主張していた。わたしはそのことで父を憎んだわ。当時ライノを憎いと思っていたのと同じくらいに」

「ライノを憎いと思っていたの？」アリソンは好奇心に駆られて促した。

「正確には、それは恨みだった」ケイトはおもちゃが好都合にばらまかれた毛布にエロイーズを戻し、アリソンと自分に二杯目のお茶を注いでから話を続けた。「わたしはずっと、いつか自分が地所の経営を引き継ぐと思っていた。でも父の考えは別で、ソリテールとラ・レーヌの管理人としてライノを雇った。わたしはライノに初めて会った瞬間から彼に惹かれたけど、恨みはほかのいっさいの感情を抑え込み、ついには彼を嫌悪していると思い込んだ。そのあと、また父の遺言書で、ラ・レーヌはかつてライノの母のものだったことがわかったの」

「結婚のスタートを切る土台があまりよくなかったということね」アリソンはなんとなくぞっとした。「それでも、あなたはふたりのあいだの壁を乗り越えた」少しうらやましそうに言い添えた。

「それは、わたしが目を覚ましてからのことよ。わたしは恨みを武器にして、手を伸ばせばつかめる幸せに自ら背を向けていた。やっとそれを自分の心に認めたのよ。ああ！」不意にケイトは暗い目をして、つらい記憶を語った。「あのときの気持ちは絶対に忘れないわ。ある夜、わたしは、自分には彼が賛美する女性らしさはひとつもないと皮肉って、ライノに逆襲されたの。本当に打ちのめされたわ」

その苦しげな様子に、アリソンはたちまち後悔でいっぱいになった。「ごめんなさい、ケイト」

「いいの、謝らないで」ケイトは少し青ざめた顔でほほえんだ。「ときどき過去を深く掘り下げるのは、わたしにはいいことよ。自分のあやまちを客観的に見つめられるし、そこから学べたらいいと思うわ」

夕方、ボルドーに帰る車中でも、その言葉はアリソンの心に残っていた。たぶん、わたしも過去を深く掘り下げれば、自分のあやまちを客観的に見つめ、そこから学べるのだろう。でも、ダークが再びわたしの人生に飛び込んできて以来、わたしは必ずしもそうしてこなかったのでは？

フラットに着いて中へ入ったアリソンは、いきなり立ち止まった。喉から心臓が飛び出しそうだった。暖炉の前のカーペットにダークとファーディが寝そべり、彼らのあいだに敷かれた線路をおもちゃの電車がのろのろと周回している。

「ママ、見て！」ファーディが興奮して叫び、ぱっと立ち上がると突進してきて、母親のコートの袖を引っぱった。

気難しい夫が無意味な周回を再開させるべく、ぜんまい仕掛けのエンジンを巻いている光景を見て、彼女は立ちつくした。

「パパがエンジンを直してくれたんだよ」

「それはよかったわね」彼女はぎこちなく言った。

アリソンが冷たい外気が入らないように玄関のドアを閉めていると、サロメが居間に入ってきた。

「夕食までいらっしゃいますか、ダーク様?」

「お願い、パパ。晩ごはんを食べていって」

グレーの目がアリソンの目をとらえた。

その目に挑戦的な色が浮かんでいるのを見逃さなかったアリソンは不安になり、つばをのみ込んだ。「よかったらどうぞ」

ダークはもうしばらく彼女を見つめ、それから立ち上がって、ドアのそばで期待してうろうろしているサロメのほうを見た。「ありがとう、サロメ。ごちそうになろう」

彼の承諾は、ちょっとした驚きだった。招待するならしてみろと彼は挑んできたが、まさか応じるとは思わなかった。コートを脱いで椅子の背にかけるとき、アリソンの手は見てわかるほど震えていた。

「食事は三十分後にご用意できます」サロメは告げ、奇妙な勝利の笑みを浮かべて部屋から出ていった。

「電車を片づけて、食事の前に風呂に入りなさい」

ダークが命じると、驚いたことにファーディは文句を言わずに従った。

「悪いけど、食前に出すワインもないの」

ふたりきりになるとアリソンはそわそわして謝ったが、ダークがいかにも彼らしく問題を解決した。

「きみはグラスを頼む。ワインはうちのセラーから取ってくる」

ダークが行ったあと、アリソンは脚ががくがくして、少しのあいだ椅子の肘掛けに腰かけて気を静めてからグラスを探しに行った。注意深くグラスをふいているときも、手の震えはまだ完全におさまらず、ようやく居間に戻るとすぐ、ダークが極上の白ワインのボトルをかかえて戻ってきた。

食前のワインでいくらか緊張は解けたが、ダークが、ステレンボッシュのワイナリーからボルドーのワインを輸出する計画に話を向けるまで、彼の男らしい存在感に激しく心をかき乱されていた。アリソンは食事のあいだじゅうつぶさに彼を観察し、葡萄栽培のさまざまな側面について、彼がこと細かに語る言葉に注意深く耳を傾けた。ダークを観察しているのは彼女だけではなかった。ファーディもまた熱心にダークを見つめ、彼の低くとどろく声を聞きながら、感嘆の念に大きく見開いた目をきらめかせている。アリソンは再び父と息子のあいだに驚くほど似通ったものを見て、胸にこみ上げるものがあった。

食事のあと、サロメがファーディをベッドへ連れていき、居間に移ってコーヒーを飲むあいだ、再び気まずい緊張がふたりのあいだに居座った。ダークは暖炉の前の椅子にもたれ、足先が火格子につきそうなほど、長い脚をゆったりと伸ばしていた。その姿は、気安い静けさの中でこんなふうに過ごした夜の記憶を呼び起こした。でもそんなとき、アリソンはダークの足元の床に座って彼の膝に心地よく頭をのせていた。少し離れた椅子に、体をこわばらせて座っているのではなく。

「コーヒーのお代わりは？」

沈黙を破ろうと彼女が尋ねると、ダークは考え込むように見つめていた暖炉の炎から目を上げた。

「いや、ありがとう」彼の目があざけるようにきらめき、暖炉の火明かりが、端整だが厳しい顔の造作を際立たせた。「こうしていると、暖炉の前で一緒に座っていた昔のようだ。だが、あれは結局間違った暖炉で、間違った成り行きだった」

アリソンは驚くほどしっかりした手つきで、空のカップをそばの小さなテーブルに置くと、苦痛に耐えかねて立ち上がり、マントルピースを指できつくつかんだ。きつくつかみすぎて、指の関節が肌を透かして白く輝いて見えた。まるでアリソンの心を読んだかのような彼の指摘に、彼女の内側で、ずっと抑え込もうとしてきた痛みの火花が散った。炉火の熱が当たっているにもかかわらず、彼女は身を震わせ、そしてゆっくりだが、はっきりした声で言った。

「わたしたちの結婚は間違いだったわ」

ダークが立ち上がるのが聞こえ、真後ろで響く低い声に神経が激しく反応した。

「離婚したいと言っているのか？」

「こんな人生を送るよりも、そのほうがいいでしょう？」アリソンは背を向けたまま尋ねた。悲しみに打ちひしがれた目を見られるのが怖い。

「この指輪をきみの指にはめた日、ぼくはふたりの運命を永遠のものにした」ダークは不気味な声で言い、マントルピースから彼女の左手を引きはがし、指輪をねじりまわした。

「ふたりの人生が終わるまで、きみはぼくの妻のままだ」

「今のように空虚な人生を永遠に続けると思うと気が遠くなるわ」

「ぼくたちの結婚にも人並みの希望はあったんだ。だが、きみの疑り深さとつまらない嫉妬心のために、それはなくなった」ダークは厳しく非難し、彼女の手を放して肩をつかむと、乱暴に振り向かせた。

「わたしはただ理解したかったのよ。でも、あなたは説明を拒み、尋ねたわたしが罪でも犯したような態度をとった」アリソンはそう言うと、気を落ち着かせて目を上げ、ダークの冷たい目を見つめた。「次に疑念と嫉妬がやってくるのは当然だわ」

あざけるように彼の口がゆがむ。「疑念と嫉妬があれば、結婚はうまくいかない」

「わかっているわ。でも、あなたは期待が多すぎたのよ」先に目を伏せたアリソンの視線は、彼の青いシャツの開いた胸元に釘づけになった。そこに唇を押しつけたいという欲望があまりにも強い。彼女は震え、せき立てられるように言った。「あなたはわたしに信頼を求め、イヴェットとの関係を純粋にプラトニックなものだと無条件に信じることを求めた。なぜ毎度のようにふたりが抱き合っているのを見せつけられなければいけないのか、その説明を拒否されたとき、最悪のことを考えたからといって、わたしを責められる？彼女がわがもの顔であなたにじゃれついているあいだ、わたしが指をくわえて見ていることを本気で期待していたの？」こんなことを言うつもりはなかったのに。だが、彼の目に怒りの炎を見て、取り消すには手遅れだとわかった。

「あのとき、どうとでも好きに考えればいいと言ったはずだ！」

「そして、今もそれは同じだと考えていいのね？」

「そのとおりだ！」

胸に苦いものがこみ上げたが、目を上げて視線を合わせたとき、アリソンは逃げ道のない渇望の空間に閉じ込められたことに気づいた。彼女の肩をつかむ両手の震えと暗く陰った目がそれを物語っている。これだけいろいろなことがあっても、彼はまだわたしを求めている。そしてわたしも、今はただ彼の腕の中でわれを忘れたいと思っている。でも、そんな危険は冒さない。

「もう帰ったほうがいいわ」アリソンはかすれ声でささやいて逃れようとした。だが、その動きを予期した彼にすばやくつかまえられ、胸が彼の硬い胸に痛いほど強く押しつけられた。

言葉を発する間もなく、ダークの唇がおりてきて、唇をこじ開けられた。怒りと欲望をないまぜにしたそのキスは侮辱であり、体をさまよう手の動きは、興奮を高めるというよりも彼女を貶めるものだ。アリソンはもがいたが、ダークが放す気になるまで、彼の腕という牢獄から逃れようがなかった。ようやく解放されたとき、彼女はひどい吐き気とめまいを覚え、ふらつく脚で彼の前に立ち、見開いた目でとがめるように相手を見据えることしかできなかった。

「夕食をありがとう」ダークはほほえんだが、その笑みは悪魔のように唇をゆがめたにすぎなかった。

続く数週間、アリソンはこれまで以上に懸命に働いた。ほとんど毎朝日が昇る前に起き、夜は十二時前にベッドに入ることはめったになかった。物置と化していた旧館の大食堂に保管されていたのは古い木箱がほとんどだったが、アリソンはダークの許可を得て、そこを片づけた。壁は漆喰を塗って白くし、黄色い木の床はぴかぴかに磨いて、元の輝きを取り戻させると、テーブルと椅子を運び入れた。広々とした試飲室として申し分なく、ボルドーを訪れた観光客は、見学ツアーの初めにここで紹介映像を見ながら、ワイングラスを片手にくつろげる。

アリソンは、ひまを見つけてはパンフレットと注文用紙の作成に取り組んだ。それを印刷し、最終的にさまざまな販売網の拠点に発送した。骨が折れ、時間のかかる作業だったが、効果が現れ始めて、ワインの注文がどんどん舞い込んできた。

「なぜ今まで誰も、もっと宣伝に目を向けようと考えなかったのかしら」ある朝、郵便受けに届いた注文書の大きな束を仕分けしながらマーナが言った。

「ボルドーのワインの人気が上がればミスター・デュボアを珍しく笑顔にできるわね」コニーは笑いながら付け加え、いたずらっぽくアリソンにウィンクすると、自分の注文書の処理に精を出した。

アリソンはそれには応じず、ふたりの席を通り過ぎ、彼女宛の郵便物を整理するために自分のオフィスへ向かいながら思った。わたしのすることにダークが心から喜んでほほえむなんて、ありえないわ。

郵便物の中にドクター・サミュエルズからの葉書があり、簡単にこう記されていた。

〈ファーディの健康診断の時期です。二十七日、金曜日の十時半にご来院ください。時間は約一時間取ってあります〉

アリソンは卓上カレンダーを調べた。二十七日、金曜日。「明日だわ！」彼女はあわてふためいた。休みをもらうにはダークと話さなければならないが、仕事以外のことで彼と向き合うのは怖かった。

その夜、夕食のあとでアリソンはフラットの電話の受話器を取り、母屋につながるボタンを押した。

ほとんどすぐに、ぶっきらぼうなダークの声が応えた。「はい？」

「大事な話があるので、ちょっとあなたのところに行っていいかしら？」アリソンは下手に出て尋ねた。

「書斎で待っている」その言葉のあと、電話線の向こうで断ち切るようにかちっと音がした。

アリソンは通話の切れた受話器を手にしたまま取り残された。そして、あわてて受話器を戻した。

相手がそういう気分なら、頼みごとをしてもあまり希望は持てそうにない。

春はすぐそこまで来ているのに、夜はまだ冷え冷えとしていて、アリソンはフラットを出るとき、厚いウールの上着のベルトをきっちりと締め、ダークの屋敷までの短い道を歩いた。満月の夜で、銀色の光が小道を照らしていたが、アリソンは彼との会話のリハーサルに余念がなく、星が降るような夜空の美しさも目に入らなかった。それに、寒さで体が震えている。それとも、これは不安のせい？

アリソンは手のひらを緊張でじっとりさせて屋敷に入り、薄暗い廊下をダークの書斎へ歩いていった。ドアは開いており、入っていくとダークが顔を上げた。デスクの上に書類があり、暫定的な月間売上高表だとひと目でわかった。ダークによる通例の監査のために、今日の午後アリソンが急いで作成したのだ。それを見て彼がどう思ったか興味がわいた。

「用件は？」ダークはぶっきらぼうに尋ね、デスクの向かいの空いた椅子に座るよう手ぶりで示した。

アリソンは膝ががくがくし始めるのを感じ、あわてて座った。「明日、休暇をいただけるかしら?」自分も唐突に尋ねてしまい、この願いごとにもっていくために言うつもりだった言葉をどうしたものかと途方に暮れた。

「なぜ?」

「なぜ?」彼のよそよそしさと、周到に準備した会話からそれたことで気が動転し、アリソンはおうむ返しに言った。だが、じれったそうに引きしめた相手の口をちらりと見て、すばやく気を取り直した。「ファーディをケープタウンのドクター・サミュエルズに診せに行きたいの」

「ファーディは病気なのか?」

「いいえ」さもなければ冷たいダークの目に、それとわかる心配が揺らめくのがちらりと見え、アリソンは急いで彼を安心させた。「あの子を三カ月後に検査に連れていくとドクター・サミュエルズに約束していたの。そして今日、明日の十時半に来てくれという葉書が届いたのよ」

「そのドクター・サミュエルズというのは」ダークは椅子の背にもたれ、目を細めて彼女の顔をじっと見つめた。「ファーディが生まれたときに、きみがかかった医者か?」

「ええ、そうよ」ダークの鋼のように冷たい視線を浴びて、アリソンはもじもじと身じろぎした。

耐えがたいほど沈黙が続いたあと、彼はそっけなく言った。「休みをやろう」

声の調子は、もう行ってよいと言っていて、アリソンは心の中で安堵（あんど）のため息をつきながら立ち上がり、震える声でつぶやいた。「ありがとう」

「アリソン」

ドア口まで着かないうちに、アリソンは喉の奥から響く太い声に呼び止められた。振り向くと、ダークが彼女の手書きの計算書を取り上げた。彼はそれを手に持って曖昧に示している。

アリソンが震える手を上着のポケットに突っ込んだとき、彼は話し始めた。「きみは広報係として、すばらしい仕事をしてくれた。そして、ワインの売り上げをほぼ二倍にすることに成功した」

ダークが人を褒めるのは、ひどく珍しいことだ。アリソンは口もきけずにしばらく彼を見つめたあと、ようやく心を落ち着かせることができた。「あなたのワインはすぐれた品質だから、もっと売れて当然だったのよ。それと、わたしの仕事を認めてくださって、どうもありがとう」

彼が嫌みを言って、思いがけない賛辞を台なしにされては困る。アリソンはそう思い、そそくさとおやすみなさいとささやいてフラットに戻った。

またしても月夜の美しさを見過ごしたのは、胸の中ではためく希望を扱いあぐねていたからだ。ダークが褒めてくれた。だから、なんなの？　アリソンの皮肉な心があざけった。こんなのはまだ自分が切望しているものにはほど遠いし、夢や希望とはそうそう叶うものではない。

7

レナード・サミュエルズの病院の待合室は、そこそこ混んでいて、アリソンは座り心地のいい椅子に腰かけ、隣になんとかファーディを押し込ませる場所を作った。約束の時間より三十分早かったが、ファーディは子供向けの雑誌を見つけてぱらぱらめくり、アリソンはのんびりと椅子に座って、ボルドーを発つ前の今朝のできごとに思いをさまよわせた。ダークは激怒していて、梱包室で農園労働者のひとりを罵倒しているのがアリソンの耳にも聞こえてきた。まったくささいなことに違いないが、あの雷のような怒号のすさまじさに、身の縮む思いがした。

アリソンの車の横に立っていたサロメは首を横に振り、何も言わなかったが、アリソンと目が合ったとき、そこには紛れもない非難が浮かんでいた。

〝彼をこんなふうにしたのはわたしだというの、サロメ？〟アリソンは困惑して尋ねた。自分でも気づかないうちに、そう口にしていた。〝彼があんなに気性が激しく、喜ばせるのが難しい人間になったのは、わたしのせいだと？〟

サロメは卑屈に目を伏せたが、その態度とは裏腹に答えた。〝あなたがダーク様の母屋に戻られる日は、谷のこの界隈に再び笑い声がこだまする日です。あなたとファーディぼっちゃまがいらして以来、だいぶよくなりましたが、葡萄園に太陽と雨が必要なように、男には妻が必要です。心から言わせてもらいます、奥様〟サロメは返事を求めているわけでも期待しているわけでもない様子で、そのまま立ち去った。

そのあとアリソンはファーディとケープタウンへ向かったのだった。今ここに座ってドクター・サミュエルズを待っていると、サロメの言葉が頭の中を飛び交った。男には妻が必要？　谷に笑い声がこだまする？　サロメは事実を取り違えているのだ。ダークがそこまで必要としているのはイヴェットだ。

「アリソン、また会えてうれしいよ」ようやく彼女が診察室に入っていくと、サミュエルズはほほえんで、ずっと音信不通の友人と再会したかのように頬にキスをし、後ろに下がってまじまじと眺めた。「わたしの間違いでなければ、痩せたようだね」

「仕事が忙しくて」アリソンは肩をすくめてサミュエルズの言葉をやり過ごした。そのあいだに看護師がファーディを検査室へ連れていった。

「夫から不当な扱いをされているのでなければいいが？」サミュエルズはしつこく続けた。

「彼はじゅうぶんよくしてくれています」

「ファーディと彼との関係は良好かな？」

「とてもうまくいっています」アリソンはほほえみ、危険地帯を抜け出したと感じた。

「最近では、ふたりはほとんど離れられないくらいです」

「けっこう」サミュエルズはうなずくと脇へ寄り、アリソンを先に検査室へ入らせた。検査は入念に数分間続けられ、アリソンはそのあいだ黙って見つめていた。サミュエルズの表情を観察し、その考えを読もうとしたが、いつものように診察が終わるまで、彼はまったく感情を表さなかった。

「すばらしい」サミュエルズはついに言うと、満面の笑みを浮かべ、聴診器を白衣のポケットに突っ込んで診察台から一歩下がった。「目覚ましくよくなっている、アリソン。彼の肺は、実際、言葉は悪いが……憎たらしいくらい健康だ」

「がんばったかいがあったわ」アリソンは目に涙を浮かべ、声を震わせてささやくと、初めて自分がどれだけ緊張し、心配していたのか気づいた。

「この子にシャツを着せて、少し相手をしてやってくれ」サミュエルズは看護師にすばやく指示した。

彼の腕がアリソンの肩にまわされたかと思うと、彼女は部屋の外に導かれていた。

サミュエルズは続き部屋のドアを閉め、アリソンを椅子に座らせると、ハンカチを探してハンドバッグをむなしくかきまわしている彼女に、大きなハンカチを手渡した。「アリソン……きみたちの結婚は修復できる可能性はないのかい？」彼は尋ねながら、机の角に腰かけた。

「ないと思うわ」アリソンは彼を正視できず、ため息をついた。「ダークは復讐に執念を燃やしていて、折に触れてわたしを怖がらせるの。それに加えて、わたしはまだ、解決できそうにない昔の問題に悩まされているし」

ファーディが生まれるまでの数カ月間、アリソンはほかに頼れる人も愛する人もなかったので、親切なサミュエルズに秘密を打ち明けていた。今さら詳しく言わなくても、彼はすぐイヴェットのことをほのめかしているのだと理解した。

「ダークはまだ例の女性と続いているのか？」

「ええ」アリソンは喉にこみ上げてくるものをのみ下し、お手上げだというしぐさをした。「わたしには彼を理解できないし、分別のある建設的な話ができる可能性はさらにないわ」

「復讐の味は最初は甘いかもしれないが、それは往々にして苦くなって跳ね返ってくる」サミュエルズは思慮深く言った。「そのことに気づいたら、彼も少しは打ち解けようとするかもしれないよ」

「でも今のところ、ダークがわたしにすっかり正直になるほど打ち解ける可能性は考えられないわ」

「きみはどうなんだい？　いつも彼にすべて正直に話してきたのかな？」

「わたしはいつだって正直に――」アリソンは不意に口をつぐんだ。あやうく嘘をつくところだった。

「それで？」サミュエルズが促した。

「このあいだの夜、ダークはわたしを懐疑的で嫉妬深いと非難し、わたしは否定しなかった。一緒に暮らした数カ月のあいだ、実際わたしは懐疑的で嫉妬深くなっていた。その結果、わたしがあれこれ尋ねるのは、浮気を責めているのではなく、必死に彼らの関係を理解しようと純粋に質問しているのだということを、彼にわかってもらえなかった。それで、ついにわたしは、すべてが自然におさまることを期待して、問題を放置したの」

「それなら、きみにも彼と同じくらい責任がある」

「ええ」アリソンは認めた。「この自己分析はよくできていると思うの。でも、なぜ夫の屋敷と腕が常にイヴェット・ポールソンを受け止めるために開かれているのかは、まだ説明がつかないわ」

この悩ましい問題に、サミュエルズは満足な答えを与えられないだろう。それができるのはダークだけだが、真実を聞くのは恐ろしい。あるとき怒りにまかせてダークがイヴェットに対する気持ちをほのめかしたことがある。だが、実際に彼の口からイヴェットを愛していると聞くのは耐えられない。

ボルドーに着いてルノーを止め、まだ荷物を下ろしている最中にダークのトラックが横に止まった。

「医者はなんと言った？」彼はトラックから降り、独特のやり方でドアをばたんと閉めて尋ねた。

「先生は、ぼくは憎たらしいくらい健康だって」アリソンに先んじて、ファーディが大人っぽい物言いで言うと、アリソンもダークも吹き出した。

だがダークの太い笑い声に、アリソンはさっと真顔になり、いつも厳しい顔つきからのその変化を、魅せられたように見つめていた。笑うと彼は不思議なほど若く見え、その瞬間の彼は信じられないほどハンサムで、アリソンは胸がどきどきした。

谷のこの界隈に再び笑い声がこだまする。サロメの言葉が、頼まれもしないのにぱっと頭をよぎり、アリソンは重苦しくため息をつくと、まわれ右をしてフラットに向かった。


ある金曜日の夜、アリソンがオーブンから取り出したクッキーをキッチンのテーブルでつまみ食いしながら、ファーディが聞いた。「ママ、ぼくの誕生日にケーキはあるの？」

「誕生日はまだ先でしょう」

「知ってるよ」ファーディはうなずいて、四つ目のクッキーにかじりついた。「だけど、キャンドルを立てたケーキだよ？」

「ええ、もちろん、そうするわ」

誕生日の話はファーディには重要事項だ。アリソンは忍び笑いをしながら、最後の天板をオーブンに入れた。だが、次の質問は不意打ちだった。

「パパの誕生日はいつ？」

アリソンは唇のほほえみを凍りつかせ、あわてて体を起こすと、食器棚の横の壁にかけた小さなカレンダーに無意識に目をやった。「来週の木曜日よ」ためらいがちに答える自分の声が聞こえた。

「今度で何歳？」

すばやく暗算する。「三十六歳よ」

「そんなに年取ってるの？」

「三十六歳は年寄りじゃないわ」アリソンはおかしさといらだちの両方を感じながら言った。

「パパにプレゼントを買いたい」ファーディがついに、アリソンのいやな予感を口にした。

息子から誕生日のプレゼントを差し出されたらダークがどう思うか想像され、恐怖と嫌悪で内心ぞっとした。「それはやめたほうが――」

「ねえ、お願い、ママ」ファーディが母親のためらいがちな反対をさえぎった。

不安そうに見開いたファーディの目をのぞき込んだとき、アリソンは自分自身の恐怖や問題で息子を犠牲にできないと思った。「明日の午前中、町へ買いに行きましょう」

「わーい！」ファーディは興奮して叫び、もう一枚クッキーを食べて、それからベッドに入れられた。

この決断は間違いだとわかっているが、今さら気を変えるわけにはいかない。これがどんな嵐を呼ぼうと乗り切るしかない。

翌朝、約束どおり町に出かけると、ファーディはギフトショップで次から次へとおもしろそうな品物のあいだを一時間近く飛びまわっていた。アリソンは手出しをしないと決めていた。そして、ようやくファーディは、これなら父が気に入ると信じて金のペンを選んだ。選んだものを母親に差し出すときの小さな顔は興奮と期待で輝いていた。彼女は値段をちらりと見て息をのみそうになったが、息子のがっかりした顔が目に浮かび、文句を言わずに支払った。

「びっくりさせたいなら、プレゼントのことはお父さんに内緒にしておいたほうがいいわよ」ようやくボルドーに帰る車中で、アリソンは釘(くぎ)を刺した。

春が谷に忍び込み、農園では活力がよみがえった葡萄の木に、柔らかい若葉が芽吹いていた。新しい季節に備えるように、豊かな土壌は八月の優しい雨でじゅうぶん湿っていた。ダークの誕生日の朝は、暖かい九月の太陽の光が、いたるところに新しい生命の兆しが見える大地に降り注いでいた。

朝露がまだ芝生にびっしりついている時分に、トラックの近づいてくる音で、ファーディは朝食の席からぱっと立ち上がった。

「パパだ！」叫んでキッチンから飛び出していく。

「ファーディ、待ちなさい！」アリソンは止めようとしたが、すでに息子は居間を横切り、玄関のドアを荒々しく開けていた。

長身の体にカーキ色の服を着た姿を目にして、アリソンは心臓がどきどきするのを感じた。ダークが甘やかすようにほほえみながら、ファーディに導かれて家の中に入ると、にわかに小さな居間は彼の背丈と幅そのもので支配された。アリソンが心の中の途方もない不安を隠し、表向きには冷静な顔で成り行きを見守っていると、ダークは突き刺すような目で探るように彼女の目を見た。

「プレゼントがあるんだよ」そのときファーディが得意げに言って、書き物机の引き出しから贈り物を取り出し、ダークに差し出した。「お誕生日おめでとう、パパ」

ファーディがかなり不細工に包んだ小さな包みをダークがじっと見おろしているあいだ、アリソンは固唾（かたず）をのんで見守った。ダークはほほえんで、差し出された贈り物を受け取ったが、笑みが目に達していないのがわかる。

「どうもありがとう、ファーディ」

「開けないの？」ファーディはわくわくして催促した。居心地のいい居間で一気に高まった緊張感など、あの子には知る由もない。ダークは息子のために、派手な色の包装紙を注意深くはいだ。

「ちょうどこれが欲しかったんだ」ダークは細長い箱に敷かれたクッション材のくぼみからペンを取り上げて、熱心に見つめた。そして息子の輝くばかりの顔をのぞき込むと、再び例の楽しくなさそうな笑みを口元に浮かべた。「毎日これを使うよ」

ダークに抱き上げられると、ファーディはうれしそうに笑い声をあげて、父親のがっしりした首を抱きしめた。だが、ファーディの肩越しにダークの冷たい目がアリソンを突き刺し、最後には氷のような冷たさが彼女の血管を流れ始めた。

「まだ食べ終わってませんよ、ファーディぼっちゃま」思いがけなくサロメがドア口から声をかけた。

「おなか、すいてないもん」ファーディは父親譲りの頑固さで、口をとがらせた。

「トラックで一緒に出かけたかったら、食事をすませなさい。いいか?」ダークは厳しく言い、ファーディを床におろした。

「うん」ファーディが素直に返事をすると、サロメは彼を促して居間を出ていき、ドアを閉めた。

部屋がたちまち縮んだように感じられ、アリソンはダークとふたりきりで顔を向き合わせていることに気づくと、閉所恐怖症に似た緊張に襲われた。

「ことを簡単にするためにファーディを利用するのはやめるんだ。おそらく、これはきみの入れ知恵だろう?」

鼻先にペンを突きつけんばかりのダークの剣幕に、アリソンはとっさに後ずさりした。怒りに満ちた否定の言葉が口に出かかったが、ほぼ同時にドクター・サミュエルズの質問が頭に浮かび、アリソンは言葉をのみ込んだ。〝きみはどうなんだい？　いつも彼にすべて正直に話してきたのかな？〟ここで乱暴に否定しても、なんの役にも立たない。

「ファーディにとって誕生日はとても大事で、わくわくする行事なの。あの子は早々と自分の十一月の誕生日に何が欲しいか話していたわ。そのうちにあなたの誕生日を尋ねてきたので、今日だと教えると、パパにプレゼントを買うと言い張り、わたしは思いとどまらせはしなかった。お金を払ったのはわたしだと認めるけど、プレゼントはあの子がまったくひとりで選んだのよ」アリソンの灰緑色の目は冷静で、声の響きは奇跡的に落ち着いていたが、そのうわべの下で抑えがたい怒りが煮えたぎっていた。「説得してやめさせることもできたけど、あなたとわたしのあいだの事情で息子の喜びを奪うことはないわ。それで何か文句があるなら、どうぞご自由に」アリソンはそう冷たく言い放ち、ダークの横をかすめて居間から歩き去った。

アリソンはそのまま歩き続け、オフィスに着いて足を止めたとき、自分がどれだけ震えているかに初めて気づいた。椅子に座り込み、コニーとマーナとが来るまで数分間はひとりでいられて助かったと思った。心をじゅうぶん静めるには、それだけの時間が必要だ。スケジュール帳を見ているうちに、ふたりが出勤してきたので、アリソンはもう一度気持ちを落ち着かせ、ふたりが明るく朝の挨拶を言いに顔をのぞかせたときには、ほほえんでいた。

午前中はダークに再び会うことはなく、昼食時も顔を見なかった。だがその日の午後、観光客がワインを飲みながら映像を見る、暗い試飲室にいたとき、アリソンは仕事に集中していて、後ろのドアが開いたことは気にも留めなかった。だが、ずしりとした手に肩をつかまれて、はっと息をのんだ。

「ちょっと交代してくれ、コニー」ダークは、午後の見学ツアーでアリソンの補助をしていたコニーに静かに命じた。「妻に話がある」

持ち場を離れて呼び出されるほど重要な話とはなんなのだろう。だが、自分のオフィスで彼と向き合うまでは尋ねるのを控えた。

「何かあったの？」ダークがドアを閉めてプライバシーが保たれると、アリソンは尋ねた。ファーディのことがさっと頭に浮かんだ。

「今夜、食事を一緒にどうかな？」

その誘いはまったくの予想外で、一瞬、ほっと息をついた。だが、アリソンはまだ慎重だった。「お友達を夕食に招いているの？」

「きみに町へ食事に行かないかと尋ねているんだ」ダークは言い直した。彼が意味していることは、もう間違いない。

「ふたりだけで？」不安げに尋ねる。

「ぼくとふたりだけだと怖いのか？」ダークの目はあざ笑い、挑んでいた。

アリソンは反射的に立ち上がって目を合わせた。「ご招待をお受けするわ」

彼の目に浮かぶあざけりの色が深まった。わたしは見透かされているのでは？　挑戦的な食事の誘いに応じた自分に腹が立ってきた。

「七時に支度をしておいてくれ」ダークは命じた。

次の瞬間、アリソンは大股で出ていく彼の広い背中を見つめていた。

「なんてこと！」アリソンはひとりになると、つぶやいた。今になってやっと自分が何をしたか、その意味合いに気づいた。わたしは今夜ダークとふたりきりで過ごすことに同意した。そして、そのことを考えただけで頭がおかしくなるくらい怖がっている自分がいることを否定しても無駄だ。今朝、彼から投げつけられた非難を思い出すと、なぜこんな誘いをかけてきたのか、いっそうわからなくなる。ひょっとしたらこれは、罪のない行為を悪意に解釈したことへの彼なりの謝罪なの？

アリソンは観光客の一団に合流し、セラーへおりる短い距離を歩きながら、コニーから案内役を引き継いだ。だが、その午後は仕事に身が入らなかった。まるでロボットのようにワイン造りの工程を説明し、質問に答えたが、考えは目前の夜のことに集中した。その日の終わりには、子猫のようにびくびくし、長い時間ゆったりと香りのいいお風呂に浸かかっても、胃が締めつけられそうになるほどの神経の緊張を完全に取り去ることはできなかった。

その夜はいつもより入念に身支度をし、お気に入りの一枚であるシナモン色のシルクのイブニングドレスを選んだ。肘丈の袖はゆるやかに広がり、襟ぐりは控えめだが、流れるような生地が、魅力的な胸やヒップの曲線を見せ、ウエストの細さも際立たせている。姿見の前に立ち、焦げ茶色の髪から小さな足にはいた金色のサンダルまで、批判的な視線を滑らせる。鏡に映る姿は自信にあふれ、落ち着いた雰囲気を感じさせる。だが残念ながら、その内側は心をかき乱す不安でいっぱいなことを知っている。

化粧台の前に座っていると、ファーディがぶらぶらと寝室に入ってきて、アリソンが化粧を点検し、里親から贈られた小さなダイヤモンドのネックレスを首につけるのを熱心に眺めた。

「どこへ行くの？」ファーディは化粧台に頬杖(ほおづえ)をつき、観察を続けながら尋ねた。

「言わなかったかしら？　あなたのお父さんと夕食に出かけるのよ」

「ぼくは行けないの？」

「ええ、そうなのよ」

アリソンがほほえみながらスツールに座ったまま振り向き、息子を引き寄せると、ファーディは母親の胸に頭をもたせかけた。

「いい子にして、今夜はサロメとお留守番をしてちょうだい」

「パパは一緒に連れてってくれるよ」彼は自信たっぷりに言った。「パパが来たら頼むんだ」

ダークは約束の時間に一秒と違わずやってきた。黒いタキシード姿の彼は、いつものように堂々とし、シャツの白さが、日焼けした顔の色つやと際立った対照をなしていた。アリソンはダークの顔を観察し、どんな夜になるのか手がかりを探したが、彼お得意の落ち着き払った冷淡な仮面は健在だった。

「ぼくも一緒に行きたい、パパ。お願い、連れてって!」ファーディは宣言どおり直談判した。

「留守番をして、いつものように早くベッドに入りなさい」ダークは厳めしく言った。

「おまえとは一日じゅう一緒にいたも同じだろう。だから、今夜はお母さんとふたりだけで過ごしたいんだ」

アリソンはいぶかった。この三カ月間、体のいい奴隷のように扱ってきたくせに、なぜ突然ふたりだけで過ごしたくなるの? 一秒ごとにますます困惑と混乱が高まり、とうとうジャガーに乗り込み、ダークの隣の座席におさまったときには、緊張で喉が締めつけられそうだった。

パールにあるホテルのレストランはほどほどに混んでいて、ふたりの席の向こうの広いアーチを通り抜けたダンスフロアでは、二、三組のカップルが地元の楽団の音楽に合わせて体を揺らしていた。店内の装飾はくつろげる雰囲気にデザインされていたが、アリソンが感じるのは、キャンドルをともした小さなテーブルの向かいに座っている男性によって高められる緊張感だけだった。ダークはワインを注文し、メニューからステーキを選んだが、アリソンはその夜の食欲のなさに合わせて、少量の鮪(まぐろ)料理とサラダにした。

「ボルドーを発ってから、きみはほとんどひとことも話していない」ダークはワインを飲みながら、例によってあざけるように言った。

「話す価値のあることは何も思いつかなかったからよ」アリソンはぎこちなく弁解すると、グラスを唇に運び、この恐ろしい胸のどぎまぎが静まるようにとワインをひと口飲んだ。

「少しリラックスしたらどうだい？」

「そうしようとしているわ」彼女は白状した。「でも気づけば、なぜ今夜あなたが食事に誘ったのかと考えてばかりいて、簡単にはできないの」

ダークの目から冷ややかなあざけりが消え、アリソンは彼が心からおもしろがっているように思えた。

「たぶん、それは今朝の無礼なふるまいに対する、ぼくなりの埋め合わせの方法だ」

「謝罪なんて必要ないわ」アリソンは少しのあいだ考えてから言った。「もし逆の立場なら、わたしも同じように邪推したかもしれないし」

キャンドルの明かりに照らされて、ダークの目がいたずらっぽく光った。「なんて寛容なんだ」

「関係ないわ」彼女は目を合わせず、堅苦しく言った。「わたしは正直であろうとしているだけ」

ダークはそれには応えず、ふたりはしばらく無言でワインを飲んでいたが、そのあとの彼の言葉にアリソンは驚いた。

「今夜のきみは魅力的だ」

「ありがとう」アリソンはなんとか答えたが、彼の視線がシルクのドレスの下を探るように滑っていくと、頬を赤く染めた。ばかばかしい。ダークのようにわたしを親密に知っている男性に、今さら恥じらいを覚えるなんて。

「そうして髪を上げていると、落ち着きのある洗練された女性に見える」彼は続けた。「だが正直に言うと、そんな風にきっちりまとめているより、ぼくは下ろしているほうが好きだ」

アリソンは恥じらいに打ち勝った。そして、ワインで気が大きくなったのか、彼をまっすぐに見つめて言った。「あなたのことをよく知らなかったら、お世辞を言われたのかと思うわ」

「きみのグラスにワインを満たしていいかい?」

アリソンはうなずき、彼が注ぎ終えると、乾杯のしぐさでグラスを掲げた。「お誕生日おめでとう、ダーク」

「そう言ってもらえないかと思い始めていたよ」彼は軽くからかった。

「これはボルドーのワインほどよくないわね」アリソンは熱心にワインを吟味し、話題を変えた。「あなたのワイン造りの腕は卓越しているわ、ダーク」

「今度は誰がお世辞を言っているんだい？」

ダークが再びからかうと、アリソンは身構えるように体をこわばらせた。

「これは褒め言葉よ。あなたのワインは最高だわ」

「ぼくは完璧を目指して努力している。だが、常にうまくいくとはかぎらない」ダークは中身を分析するように、グラスをキャンドルの明かりに照らした。

「あなたは何ごとにも常に完璧を求めてきた――そうでしょう？　従順に付き従い、全幅の信頼を寄せる完璧な妻を求め、わたしがそうでないとわかると、完全に締め出した」そんなことを言うつもりは毛頭なかったが、撤回するのは手遅れだとわかった。

彼の目から笑みが消え、冷たい批判的な表情が浮かんでいた。「話題を変えよう」

厳しい口調と、近づきがたい雰囲気に、アリソンはまた何も言えなくなった。

料理が運ばれてきたが、アリソンの食欲はなくなっていた。ふたりのあいだの空気は、彼女がよく知る氷のような障壁を作るまでに冷えた気がする。そして今回この状況を作ったのは自分自身なのだ。

永遠に終わらないと思われる食事のあいだ、ふたりは礼儀正しい会話を試みたが、むなしく失敗した。

コーヒーが出てきたとき、アリソンはなんとかしようと決心した。「ごめんなさい、ダーク」緊張して、つばをのみ込む。「あなたの招待を受けるべきじゃなかったわ」

ダークの顎がこわばった。「なぜだ？」

「今夜はどちらにとっても、緊張を強いられただけだった。白状すると、あなたと向かい合ってテーブルに着くより、裏方で料理のお皿を持ってうろうろしているほうが楽だとわかったわ」アリソンはすっかり自分を卑下し、みじめに付け加えた。「イヴェットがわたしのことを、ほかのことにはそれほど素質がないと評したのは、正しかったようね」

ダークはそれについて何も言わなかったが、彼女には理解できない突然の怒りで目を燃え立たせた。

「踊ろう」彼は立ち上がって手を伸ばした。そして、つかまれた手をぐいと引き離そうとするアリソンに向かって静かに付け加えた。「これは命令だ」

アリソンはダークの荒っぽい手のぬくもりに手を包まれて立ち上がらされ、ダンスフロアへ導かれた。彼の腕が腰にまわされると、心臓の鼓動が独特のリズムを刻んだ。ダークが気づまりなほど彼女を近くに引き寄せた。ゆっくりしたワルツの出だしに彼の腿が腿をかすめると、アリソンのステップはもつれた。

「ダーク……」

「静かに！」

耳元で高圧的な声が唸ると、彼女は即座に従っていた。

夢見心地の音楽に乗って、混み合ったフロアを横切っていくとき、ふたりのステップはぴったりと息が合っていた。そうして踊っているうちに、アリソンは自分の中でゆっくりと緊張が解けていくのを感じた。頭が自らの意思で下に傾き、最後には彼の広い胸にもたれた。一時は、ふたりの仲を裂くものは何もなかったのだと勝手に思い込んでしまいそうになった。だが、ついに音楽が軽やかに止まり、夢は終わった。

ダークの腕がしぶしぶアリソンから離れた。頭を心地よい休息場所から上げたくないとアリソンが思っているのと同じくらい、気が進まない様子だった。だが、ふたりの目が合ったとき、例によってふたりのあいだに電流が走ったようになり、それが肉体的欲望となって体内を流れた。とてもなじみのあるそれは、アリソンの息を喉につまらせ、一時的に口をきけなくさせるものだった。

再び音楽が始まった。

だが、ダークが手を伸ばしたとき、アリソンは急いで身を引いた。「もう帰る時間だわ」

8

地所までの距離がいつもの二倍に感じられ、アリソンの神経は弓の弦のように張りつめていた。ふたりがずっと無言なのは、ダンスフロアで燃え上がった肉体的欲望がもたらす緊張と闘っているせいだ。アリソン自身だけでなく、ダークも同じように感じているに違いなく、それがさらに状況を悪化させている。心はこんなにも揺れているが、ふたりのあいだに吹き荒れる嵐に負けないよう身構えなければ。

ジャガーの鋭いヘッドライトがボルドーの長い私道を照らしていくと、アリソンはひどくほっとした。できるだけ早くダークのそばから逃れるつもりだったのだが、ふたりで彼女のフラットの玄関ステップに立ったとき、アリソンの不安は一気に警報段階にまで上昇した。ダークのこわばった顎には、礼儀正しい〝おやすみ〟の挨拶だけで帰る気はないとはっきり現れている。彼は肩で押し分けるようにして中へ入り、ドアを閉めた。

「ありがとう、サロメ。下がっていい」現れたサロメにダークが声をかけた。

サロメはアリソンの懇願をこめた目に気づかないまま膝を曲げてお辞儀をし、帰ってしまった。

　フラットの中でダークとふたりきりだと思うと、パニックを起こしそうになる。だが、アリソンは精いっぱい努力して表向きには落ち着きを保ち、コートを脱いでハンドバッグと一緒に椅子に置いた。「コーヒーをいれるわ」

「いや、いらない」ダークは片手を伸ばしてアリソンの腕をつかみ、前触れもなく乱暴に抱き寄せた。「ぼくが欲しいのは飲み物ではない」

　ダークの欲望にくすぶった目が彼女の目を焦がしたかと思うと、次の瞬間彼の唇が下がってきて、アリソンの短い抵抗を抑え込んでしまった。

　熟練した動きにアリソンは思わず唇を開き、親密な侵入に体を震わせた。ある程度の誘いは覚悟していたが、これは予想外だ。ダークの動きはあまりにもすばやく、身をかわす方法を考えるひまもなかった。彼の体と触れ合う感覚は、とても抗うことのできない力でアリソンの分別を攻め立てる。彼の手はアリソンの髪をまさぐり、次々とピンをはずして、さらさらの豊かな髪の中を自由に動きまわっているし、腰に巻かれた彼の腕は、けっして逃れることのできない鋼鉄の帯のように、アリソンの柔らかい体を彼の硬い体に押しつけている。

　ダークの唇がアリソンの唇を離れ、官能的な炎の道を描きながら喉元へとおりていく。絹のドレス越しに伝わる彼の手の熱さが、忘れかけていた感覚を呼び起こし、体からゆっくりと力を奪っていく。自身の欲求が高まりつつあることを自覚すると同時に、ダークが何を求めているかもわかっているが、これから起こることを拒絶するだけの意識は残っている。今、彼を受け入れることは、自分にとっては愛の行為だが、ダークのそれはけっして愛を伴わない。これまでも、これからも。

「やめて」アリソンは絞り出すように言い、弱々しい手でダークの肩を押しのけようとした。だが、心臓が早鐘のように鳴り響いて、思うように声が出せずにいると、次の瞬間ダークの指がファスナーを引きおろし、背中に冷たい空気が流れ込んできた。

ダークの温かく湿った唇がアリソンの唇に重なり、彼女の抵抗を抑え込む。

「ぼくを拒むな」彼はかすれた声で警告し、温かい官能的な唇を再びアリソンの唇に重ねた。

意志ではなく体に支配されたアリソンは、ダークの首にしがみついたまま彼の両腕にかかえられ、居間から寝室への短い距離を運ばれた。ダークが足でドアを閉め、アリソンをおろすと、彼女はサンダルを脱いで自ら腕をおろした。足元に落ちたドレスを顧みることもなく、ダークがレースの縁取りの下着を脱がせにかかる。ダークの手で理屈抜きに興奮をかき立てられたアリソンは、彼のキスで限界まで酔わされた。ダークがいつどのように服を脱いだのかもわからない。ベッドに運ばれ、自分の体と筋肉質の体が触れ合ったとたん、アリソンは体の内側に炎が燃え上がるのを感じた。

ダークの唇と手がアリソンの体を探る。かつては恐ろしかった粗野な親密さだが、今は喜んで受け入れられる。愛していると言葉で伝えられないなら、せめて態度で示そうと、アリソンは初めて両手でダークの体を存分に愛撫し、広い肩から引きしまった腰、筋肉質の腿へと手を滑らせた。

ダークは体を震わせ、驚いたようにかすかに身を退けたが、喉の奥で唸るような声をもらすと、一気にアリソンをわがものにした。ふたりの結びつきに優しさはなかったが、何年も遠ざかっていたアリソンの欲求は研ぎ澄まされていて、燃え上がる情熱で敏感になった体は、頭の中にわずかに残っていた理性のかけらまで消し去った。アリソンは夢中でダークにしがみつき、彼の激しい動きに柔らかな体をゆだね、繰り返し訪れる激しい喜びの波に押し流された。疲れきって満ち足りたアリソンは、ダークの隣に横たわり、彼の胸に頭をのせ、自分のと同じ速さで鳴り響く鼓動に耳を傾けていた。

ふたりは何も話さなかったが、体であれだけ雄弁に語ったのだから言葉は必要ないと思ったアリソンは、ダークがすぐにそばを離れて服を着始めても何も言わなかった。

ダークはジャケットを着ると、ネクタイをポケットに押し込み、ベッドの足元で立ち止まり、片手で支柱を握った。

視線を合わせたとき、彼の目の奥に奇妙な輝きが見えたような気がした。怒り？　まさか、そんなはずはないわ！　親密さを分かち合ったあと、口に出せなかった〝愛している〟という言葉がまだアリソンの胸で鳴り響いていた。彼がわたしに対して愛に近い気持ちを感じていないとは思えない。

「何人だ?」

唐突な質問が、夢心地でいたアリソンを貫いた。彼女ははっと身を起こし、裸の体に上掛けを引き寄せた。「なんのこと?」

「わかっているくせに、とぼけるな!」唇から荒々しい言葉を吐き出すと、ダークは脅すように彼女のほうへ身を乗り出した。「ぼくのもとを去ってから、四年近くのあいだに、何人の男と寝たんだ?」

アリソンは激しく困惑したまましばらくダークを見つめていたが、話がのみ込めると同時に、顔からゆっくりと血の気が引いていった。

「実入りもよかったのか?」ダークが問いつめる。

誤解だと叫びたい。だが、言葉は喉の奥につまってしまったようで、アリソンは、ダークが体を起こし、ジャケットの内ポケットから財布を取り出すのを黙って見つめることしかできなかった。

「答えないのか。だが、これなら文句ないだろう」彼はベッドの上に紙幣を放った。

落胆と屈辱で吐き気を催しながら、アリソンはまるで毒蛇を見るようにそれを見つめた。ふたりの愛の行為を安っぽい下劣なものに貶(おとし)めるなんて。激しい痛みと悲しみが、ついに彼女を麻痺状態から解き放った。

「ひどいわ！」ダークがドアに手を伸ばす直前、アリソンはかすれた声で叫んだ。ベッドから起き上がり、一気に紙幣を床へ払い落とす。それは落ち葉のようにカーペットの上へと舞い落ちた。

「気づかれないと思ったのか？　ぼくが気づかないとでも？」ダークの荒々しい言葉が鋭い鞭のようにアリソンを打ちのめす。「残念だったな。今夜のきみの愛し方を見て、きみが修道女のごとく暮らしてきたのではないとはっきりわかったよ！」

　ひどい誤解だわ！　彼への気持ちを示そうと必死だっただけなのに、身持ちの悪いふしだらな女と思われてしまうなんて。耐えがたい心痛をかかえながらも、アリソンはどうにか平静を保ち、ベッド脇の椅子からローブを取り、震える裸体にまとった。

　ダークが目を鋭く細めてじっと見つめる中、アリソンは床に散らばった紙幣を拾い上げ、震える手で彼に突きつけた。そして穏やかな、生気のない声で言った。「ファーディのことを告げずにあなたの前から去ったわたしを罰したい気持ちはよくわかる。でも、神に誓って、こんな侮辱を受ける筋合いはないわ」

「取っておけ！」ダークは怒鳴りつけ、まるで安っぽい薄汚いものを見るような目でアリソンを見まわした。「それだけの価値はあった」

　ほどなくアリソンは片手に紙幣を握りしめたまま、部屋にひとりきりで取り残されていた。抑えきれない吐き気がこみ上げ、紙幣を化粧台に放ってバスルームに駆け込み、かろうじて洗面ボウルにたどり着く。こんなに気分が悪くなったのは妊娠初期以来だが、あのときとはまるで質が違う。洗面ボウルにもたれたアリソンは、ぐったりとして、生まれて初めて死んでしまいたいと思った。

翌朝、アリソンは何ごとにも立ち向かえそうにない気分だった。だが、たいていの子供がそうであるように、ファーディは何かを感じ取ったらしい。朝食の席でいつになく聞き分けがなく、結局アリソンはファーディのお尻を数回たたくはめになり、そのことが息子以上に自分を傷つけた。あとになって自分が悪かったのだと気づいたが、いずれにしろ、その日の始まりはきわめて不快なものだった。

ダークは今日はステレンボッシュに行ったと、朝オフィスに顔を出したマイク・ペツァーに伝えられ、アリソンは日中ダークと顔を合わせなくてすむことを喜んだ。

その夜の食事の席で、ファーディは不自然なほどおとなしく、びくびくしていて、そのことがいっそうアリソンを苦しめた。両手を差し伸べると、ようやくファーディはそばにやってきて、アリソンの肩に頭を埋(うず)めた。息子を抱き上げて膝にのせると、後悔の涙があふれそうになった。今朝のできごとの半分はこちらのせいでもある。落ち着いて状況に対処しきれずにファーディをたたいてしまった。

「ぼくが悪い子で、ママを怒らせてごめんなさい」ファーディは母親の肩に顔を押しつけ、くぐもった声で言った。

アリソンは息子の小さな体を抱きしめた。「今朝はママ、ちょっといらいらしていたの」そう口に出すと、深く傷つけられて誰かれかまわず噛みついてやりたかった気持ちが少し楽になった。「さあ、一緒にベッドに行きましょう」

ファーディは文句も言わずにあとをついてきた。眠る前にふたりで思いきりはしゃいだおかげで、朝のできごとへのわだかまりはすっかりなくなったが、アリソンの自己嫌悪は消えなかった。

眠れぬ夜と耐えがたい一日のあとで、身も心も疲れ果て、今夜はもう寝てしまおうと本気で考えていると、玄関のドアをノックする音が聞こえた。ダークかもしれないと身構え、無視しようと思ったが、再び激しいノックの音が響き、ファーディが起きてしまうことを恐れてアリソンはドアを開けた。

玄関ステップにダークが立っていた。室内の光に照らし出された彼の険しい顔を見たとたん、アリソンの中でふつふつとわき立っていた怒りが炎となって激しく燃え上がった。

「何かご用？」

「話がある」ダークは言うと、無理やり家の中に入り込んでドアを閉めた。

「仕事の話ならしかたないけど、そうでないなら話し合うことなど何もないはずよ」

「話を聞いてくれ」

「いやよ!」アリソンは避けようとしたが、彼の手に肩をつかまれた。

「アリソン! きみに謝らなければならない」

「謝罪してもらわなければならないことなんか何もないわ」ぴしゃりと言ったとたん、こらえきれなくなった怒りの涙が彼女の目にあふれた。「昨夜(ゆうべ)の報酬は、もうじゅうぶんいただきましたから」

「ぼくが悪かった。きみを誤解していたんだ」

アリソンはまばたきして涙を抑え、いつもは穏やかな唇に皮肉な笑みを浮かべた。「どういうわけで、そんな珍しい結論に至ったのかしら?」

「昨夜ずっと、きみのことを考えていた」ダークは唐突にアリソンから手を放し、彼女に背を向けると、スエードのズボンのポケットに手を深く突っ込み、暖炉に歩いていった。

「結局、ぼくはずっときみを傷つける方法を探していたにすぎなかったと気づいたんだ。そして、その過程で自分自身も傷つけていた」

「あなたの法律書によると、これで貸し借りなしというわけ?」

ダークは皮肉にひるむことなく、彼女に向き直って顔をしかめた。「安易な気持ちできみに謝罪するわけではない。きみにもわかっているはずだ」

その言葉がのみ込めるまでにしばらくかかったが、真意を理解すると同時に、怒りは小さくなった。彼のような頑固でプライドの高い人がわたしに謝罪するまでには、よほどの努力を要したに違いない。彼の高潔な行為を拒絶するなら、わたしは無礼者だ。

「謝罪を受け入れるわ」ようやく言ったときは、前よりもずっと落ち着いていた。

「ありがとう」

「忘れ物よ」アリソンは後ろを向いて出ていこうとするダークを呼び止めた。机の引き出しの鍵を開け、封筒を取り出して彼に渡す。それから冷たく言った。「お返しするわ」

ダークが渡された封筒をじっと見つめた。顎が引きつる様子から、中身を教える必要はないとわかったが、彼の反応には驚かされた。封筒を中身ごと暖炉の中に放り投げたのだ。勢いよく燃える封筒が丸まって形をゆがめ、やがて灰となって崩れると、彼がようやく振り向いて、アリソンのいぶかしげな目を見おろした。

「男は、なんらかのかたちで自分の愚かさの代償を支払わなければならないのさ」彼はむっつりと言うと大股で玄関に向かい、夜の中に歩み去った。

アリソンはしばらくその場に立ちつくし、呆気に取られたままダークの背後で閉まったドアを見つめていたが、それから振り返って暖炉を見た。火床の上の紙幣は、今や無意味な白い灰の塊と化している。アリソンは、その行為によって、彼につけられた傷口が焼灼されたような気がした。

あれ以来ダークに会わないまま、日曜日の朝が来た。アリソンは心地よいベージュのリネンのスラックスと木綿のブラウスを身にまとってサンダルをはき、居間でファーディとジグソーパズルをしていたが、ふと顔を上げると、玄関の戸口にダークが立っていた。彼の姿を見たとたん、意に反して鼓動が速くなったが、ファーディが父親に向かって突進していってくれたおかげで場が和んだ。

「今日は何か予定は？」ダークがファーディを抱き上げながら尋ねた。

「とくに何も考えていなかったけど」

「サロメに昼食は外でとると伝えてきなさい」

それは依頼ではなく命令で、アリソンは反射的に彼に従った。だが、外に止めてあったジャガーに案内されると、ためらって足を止めた。

「ダーク、わたし――」

「つべこべ言わずに乗るんだ」ダークは指示すると、後部座席にファーディを乗せ、アリソンを優しく助手席に押し込んだ。

「どこへ行くの、パパ？」車が地所の門を出ると、ファーディが聞いた。

「バーグ川のほとりでピクニックはどうかと思ったんだが」

予期せぬ答えが返ってきて、一瞬アリソンは、行き先にふさわしい服を着ていてよかったとしか考えられなかった。

「みんなでピクニックだ！」後ろではファーディが興奮して歌いながら、ダークの座席の背につかまって、うれしそうに飛びはねている。

ダークは愉快そうに片眉を上げ、アリソンをちらりと見た。「きみはどう思う？」

「とてもうれしいわ」アリソンは認めた。「ピクニックなんて……」何も考えずに口にしてしまい、アリソンは気を揉んで唇を噛んだ。

だが、ダークはまたもや、そうしてほしくないときにかぎってアリソンの考えを読み取る驚異の能力を発揮した。「結婚する前以来？」

「ええ」アリソンはしぶしぶ認め、いつものようにダークになぶられることを覚悟した。

だが、彼は何も言わずに運転を続けたため、アリソンはくつろいで物思いにふけることができた。

結婚する数週間前の、川辺でのピクニックのことははっきりと覚えている。一月なかばの暑く、けだるい日だった。アイヴィー・バッソンがおいしそうなごちそうをバスケットにたっぷりと詰めてくれたが、アリソンはあまり食べた記憶がなかった。ダークのことを意識するあまり、接近するたびに、抗いがたい男性的な雰囲気に体を震わせていた。そして彼もこちらを愛してくれていると信じていたが、それは一方的な思い込みにすぎなかった。ダークの辞書に愛という言葉はなく、あのころのアリソンは若すぎたうえに、彼を愛しすぎるあまり、彼が感情を表さないことに気づかなかったのだった。

苦々しさが潮のようにアリソンをのみ込んだが、川辺のピクニック場に向かっていることを思い出し、彼女はすばやくそれを振り払った。楽しく過ごそうとダークがこんなにも奮闘してくれているのに、暗い顔をしてはいけない。

　三人はいい具合に人目につかない場所を見つけ、木陰にブランケットを広げた。ダークはジャガーのトランクを開けると、大きなピクニックバスケット、クリケットの小さなボールとバットと棒（スタンプ）を取り出して、ファーディを喜ばせた。アリソンはブランケットの上でくつろぎながら、ダークが柔らかい地面にスタンプを立て、ファーディにクリケットの簡単なゲームのやり方を教えるのを眺めていた。

　しばらくすると、アリソンは野手の役に呼ばれた。ボールを取ろうとする彼女の動きはお世辞にも上手と言えず、ダークやファーディから見たら滑稽きわまりないものだった。だが、それでも、三人のあいだに温かい仲間意識のようなものが生まれ、アリソンはすっかりリラックスしている自分に気づいた。

「アウトよ、ファーディ！」ようやく空中でボールをキャッチしたアリソンは勝ち誇ったように叫んだ。

「おなか、すいた」ファーディが訴え、ダークも唸り声で応えた。

「いただきましょうか？」アリソンがバスケットのほうを示すと、ダークはうなずいた。

　バスケットの中には、さまざまな冷肉の薄切りや、サラダやロールパンが詰まっていた。ダークは冷やしたワインのボトルを開け、アリソンはファーディのグラスにオレンジジュースを注ぎ、三人で乾杯のまねごとをしてから、ずらりと並んだおいしいごちそうを食べた。珍しく体を動かしたおかげでアリソンも食が進み、二杯のワインを空けると、心地よい眠気が訪れた。ダークは仰向けに寝そべって片腕を目の上にのせているが、ファーディはまだエネルギーが余っているようで、ボールとバットを持って遊びに行ってしまった。アリソンは紙皿を片づけ、出したものを全部丁寧にバスケットに戻すと、ダークをまねて横になった。

さらさらと流れる川の音に、頭上の木でさえずる鳥の声、そしてときおり、遠くでピクニックを楽しんでいる人々の笑い声が聞こえる。心地よい静けさがアリソンを眠りに引き込んだ。

どれくらい眠っていたのだろう。アリソンは、すぐそばに横たわる誰かに喉元をくすぐられていることに気づいた。はっとして目を開けると、ダークがこちらに身を乗り出している。アリソンはあわてて立ち上がろうとしたが、彼の手に肩をつかまれ、地面に押しつけられてしまった。

「ボルドーに来たときよりも痩せたな」ダークはひとりごとのように静かに言った。

それに応じるアリソンの声は、自分でも驚くほど穏やかだった。「あなたもご存じのとおり、長時間働いているもの。それに、一度ちぎれた糸を再び紡ぐのは簡単なことではないし」

ダークの口が引き結ばれた。「この数カ月間、ぼくが心穏やかに過ごしていたと思うか？」

「いいえ、そうは思わないわ」しばらく黙って考えてから、アリソンは正直に答えた。

「あの夜から、ぼくはずっと考えてきた」

アリソンは頬を真っ赤に染めて目をそらしたが、ダークが彼女の顎を指ではさみ、彼のほうを向かせた。ダークの目に浮かぶものを見て、アリソンはひそかに震えた。

「ぼくの屋敷に移って、もう一度妻の役割に就くつもりはないか？」

アリソンは喉の奥で息をつまらせ、ダークを見つめた。彼のこめかみに白いものが交じっていることに再び気づき、胸に愛情がどっとわき上がった。彼の提案を受け入れるのはたやすいが、早まってはならない。実際には何も変わっていないのだし、四年前に捨てたものを本当に取り戻したいと望んでいるのか、自分でもよくわからない。

「今すぐには返事ができないわ」ダークがしびれを切らし始めたころ、アリソンはようやく言った。「少し考えさせて」

「どれくらい？」

「少なくとも、二、三日」

ダークは時間をかけてその返事をのみ込むと、ゆっくりとうなずき、顔を寄せて、速く激しく脈打っているアリソンの喉元のくぼみに唇をつけた。

肌に触れるダークの温かい唇が喉に沿ってゆっくりと官能的に動き、耳の後ろの敏感な部分へとたどり着く。喜びがさざ波のように全身に広がり、感情の炎をあおり立て、やがて唇と唇が重なると、彼の唇の下でアリソンは求めるように唇を開いた。清潔で男性的な香りに五感をかき立てられ、アリソンの手は彼の腕を滑っていき、短く刈り込まれた髪をとらえた。キスはしだいに深まり、時間と場所の感覚も忘れかけていたそのとき、小さな声がアリソンを現実に引き戻した。

「何してるの？」ファーディが隣にしゃがみ込み、興味津々でふたりを見つめている。

「ママにキスしてるんだよ」ダークは教え、グレーの目をいたずらっぽく輝かせた。

「どうして？」ファーディはふたりを交互に見つめながら、しつこく尋ねた。

「キスすると、ママはとてもかわいらしく頬を染めるんだ」ダークは彼の腕から逃れようとするアリソンの努力など気にも留めずに説明した。

「頬を染めるって何？」ファーディが質問を続けた。

アリソンは髪の生え際まで真っ赤になって大きな声をあげた。「いいかげんにしなさい、ファーディ」厳しく叱りつけ、ようやくダークを押しのけると、体を起こして乱れたブラウスと髪を直した。「そろそろ帰る時間じゃないかしら？」

三人がボルドーに戻ったときには日が暮れかけていた。軽い食事を用意するから寄っていかないかとダークを誘ったのは、今度はアリソンのほうだった。認めたくはないが、こんなふうにリラックスしている彼と離れがたかったのだ。かつて夢中で愛した男性に戻ったようで、夜が更けるにつれ、アリソンは初めて出会ったころと同じように、ダークの紡ぐ魔法にかかりつつある自分に気づいた。

夕食を終えると、ファーディのまぶたは重くなり、アリソンがベッドに連れていくと、あっという間に眠ってしまった。アリソンはベッド脇の明かりを消し、ダークの待つ居間に戻った。

「今日は楽しかったわ」

幸せそうにため息をつくアリソンを、ダークがソファの隣に座らせた。そのまま抱きしめられ、彼の肩に頭を押しつけられても、心地よい疲れのせいで拒む気にもなれない。

「同感だ」

ダークがつぶやきながら、アリソンの髪のあいだに指を滑らせると、頭皮がぞくぞくとうずいた。

こんなふうに座っていることがこのうえなく正しく思える。今だけはふたりのあいだに亀裂をもたらした問題も忘れ、アリソンはダークの腰に腕を巻きつけてぴったりと体を押しつけた。ダークの鼓動が速くなり、何か理解できないことをつぶやいたと思った次の瞬間、彼がアリソンの唇に唇を重ねた。焼けつくようなキスに、再びアリソンの中でうずくような欲求が呼び覚まされる。ダークの指がアリソンのブラウスの小さなボタンをはずそうとしているのがわかったが、幸福感に包まれていた彼女は抵抗もせず、それどころか、前留めのブラジャーがなかなかはずれないことがわかると、彼の手の下に自らの手を差し込んでホックをはずした。

求めるまでもなく服従したアリソンの態度はダークを興奮させた。彼は小さく全身を震わせ、息を荒らげると、両手でアリソンの胸を包んだ。愛撫しながらアリソンをソファに横たわらせ、力強い大きな体で彼女を押さえ込むダークの態度に荒々しさはみじんもない。初めて知る彼の優しさは、これまでの何よりもアリソンの感情をかき立てた。こんなにもダークが欲しいと感じるのは初めてだ。アリソンの呼吸は浅く荒くなり、彼の官能的な舌が、彼女の硬くなった胸の先端のまわりをじらすようになぞる。たまらなく興奮をかき立てられ、深い喜びを感じるあまり、彼女の唇から低い恍惚のうめき声がもれた。

ダークの指がアリソンのスラックスのファスナーにかかったとき、不意に玄関のドアを激しくたたく音が響き、彼女はぎょっとして体を硬直させた。部屋は水を打ったように静まり返り、アリソンは同じように身を硬くしているダークの下でじっと体を震わせた。

もう一度、先ほどよりも少し激しく玄関のドアをたたく音がして、ようやくふたりは体を離した。ダークがつぶやくように悪態をもらす。目にはまだ暗い欲求をたたえていたが、アリソンはあわてて身なりを整えた。まるですべてがスローモーションになったような奇妙な感覚のまま、滑稽なほど不安定な足取りで、ようやく部屋を横切ってドアを開ける。

こんな時間に玄関にやってきたのは誰なのか、見当がついていたわけではない。だが、それでもまさか、イヴェット・ポールソンが外灯の下に立っているとは夢にも思わなかった。

「ダークはどこ?」

遠慮のかけらもないイヴェットに詰め寄られ、アリソンは声も出せないまま、大きくドアを開けてイヴェットに部屋の中を見せた。

大きなグレーの目がアリソンの後ろをのぞき込み、ソファから立ち上がった男性を見つけたとたん、彼女に向けられていた敵意は消え去った。

「ああ、ダーリン!」イヴェットは叫んだ。

ラヴェンダー色のレースに身を包んだ美しい姿が横を通り過ぎ、まるで鳩が止まり木に戻るようにまっすぐ彼の腕の中に飛び込むのを見て、アリソンはまるで自分が石になってしまったような気がした。

「あなたに話があるの、ダーク」イヴェットはわがもの顔で彼にしがみつきながら執拗に訴えると、アリソンのほうをちらりと見て傲慢に付け加えた。「ふたりきりにしてもらえるかしら?」

アリソンは立ちつくしたまま動けなかった。年月が巻き戻され、あの残酷な場面に再び向き合っているような気がする。今回は違う結果になるはずだと全身全霊で祈ったが、展開はあのときとまったく同じだった。ダークは愛想よくうなずき、イヴェットを連れてフラットを出ていこうとしている。

彼は玄関で足を止め、アリソンのほうを見た。「失礼するよ」その言い方は、まるで夕食の席を離れる人のようにそっけなかった。

ダークの顔はおなじみの冷たい仮面に戻り、いつものようにアリソンを締め出した。だが、今回のつらさは以前とは比べものにならない。ふたりが去ったあと、アリソンは閉じたドアに力なくもたれた。

なんてひどい人！　なんてひどい仕打ち！　昔と同じ言葉が脳裏を駆けめぐる。ついさっきまでわたしと愛し合っていたにもかかわらず、次の瞬間、まるでイヴェットのほうが大切だと言わんばかりに、一緒に平然と出ていくなんて。せめて納得のいく説明をしてくれてもいいのでは？

〝ぼくの屋敷に移って、もう一度妻の役割に就くつもりはないか？〟ダークにそう尋ねられたのはほんの数時間前のことだった。実際、承諾してもいいと思い始めていたのに、今やアリソンの心の中には別の返事が吹き荒れていた。「いやよ！　絶対にごめんだわ！」

9

ボルドーは先日のワインショーでみごとな成功をおさめた。三種の白ワインは今や〈上級〉のラベルをつけて市場に出ている。それを祝って、ダークはスタッフや近所の友人たちを招き、心づくしのパーティーを開くことにした。この催しにおいてアリソンは、客であると同時に給仕係でもある。大半のスタッフが気のおけないバーベキュー・パーティーを希望したため、テーブルと椅子が外へ運び出され、野外炉の近くの広大な芝生の上に並べられた。

五時に火がともされ、すぐにコニーとマーナがそれぞれ立派なボーイフレンドを伴って現れた。サラダを運び出しているときに、マイクと妻のエリカが現れ、そのあと三十分のあいだに、ダークが招いた客が次々とやってきて、最終的に三十名近くが集まった。楽しげな雰囲気の中でワインがふるまわれ、野外炉で焼かれる肉の香ばしい匂いが人々の食欲をそそっている。だが、アリソンは少しもくつろげずにいた。

パーティーにはイヴェットも来ていた。場に合わせてブルージーンズとチェックのシャツというでたちだが、どんなくだけた服装でも、そのほっそりした、挑発的とさえ言える美しさで、少なからぬ注目を集めているように見える。彼女を連れてきたのは父親であるセドリック・ポールソンだったが、アリソンは、パーティーのあいだにほんの少し話をしただけで、彼への好意と尊敬がふくらむのを抑えられなくなった。悪意のかけらもない気立てのよい人物なのに、彼の娘がなぜこんなにも不快で意地悪な性格なのか、まったく理解に苦しむ。

アリソンは、二週間前のピクニック以来ずっとしてきたように、今夜もダークを避けていた。だが、それでもほかの人々から頭ひとつ抜きん出ている長身の彼を強烈に意識せずにはいられなかった。

イヴェットはためらいもなくダークにまとわりつき、火の周囲に集まっている男性たちの中にもずうずうしく押しかけて、相変わらず堂々と所有権を主張するように彼の腕にしがみついている。

「一度思いきりひっぱたいてやりたいわ」隣で足を止めたコニーがつぶやいた。

アリソンがコニーの視線をたどると、イヴェットが臆面もなくダークといちゃついていた。

「男性たちも男性たちよ。みんな笑いながら、彼女のなまめかしい態度に見とれているじゃないの」

だが、笑っていない男性がひとりいた。セドリック・ポールソンだ。むっつりと不機嫌そうな彼を見て、アリソンは——なぜか説明できないが——この男性に対する哀れみがこみ上げるのを感じた。

夜も更けてきた。アリソンは、サロメが何か食べたり飲んだりしたか確かめようと、こっそりと自分のフラットに戻った。だが、穏やかに眠っているファーディを見て、サロメをひとりだけここに残しておくのはあまりにも非情だと考えた。

「あなたもパーティーに行って、ご家族と一緒に楽しんでいらっしゃいな」

アリソンはそう言ったが、サロメはなかなか下がろうとしなかった。

「ファーディぼっちゃまをひとりにしたら、ダーク様に叱られます」

「サロメ」アリソンはたしなめるようにほほえんで、サロメを優しくドアのほうに押した。「ファーディは一度眠ったら目を覚まさないって、あなたもよく知っているでしょう？ 全部のドアに鍵をかけるし、ときどきわたしが戻って様子を見るから心配ないわ。さあ、早く行って楽しんでいらっしゃい」

ほどなくアリソンもパーティーに戻った。食欲はまったくなかったが、とりあえず肉とサラダを取って、エリカ・ペツァーの隣に座った。そして、ダークが屋敷からコードを引いてつないだスピーカーから流れてくる音楽に合わせて芝生の上でダンスをしている情熱的なカップルたちを眺めていた。

心地よく暖かい春の夜で、今週三日間続いたうっとうしい雨も上がり、空には星がちりばめられている。バーベキューにはもってこいの夜だと、誰もがお祭り騒ぎに酔いしれているように見える。だが、アリソンにとってはつらい試練以外の何ものでもなかった。ダークはイヴェットと踊っている。イヴェットは唇に挑発的なほほえみを浮かべ、体を密着させてダークの顔を見上げている。それでも、何ごともなければアリソンはこの状況に耐え抜いたはずだ。だが、誰かがこちらをじっと見つめていることに気づき、ふと上げた視線が、セドリック・ポールソンの哀れむような視線とぶつかったとたん、彼女の忍耐力は衰退の極みまで落ち込んだ。

恥ずかしさに頬を染め、アリソンはコーヒーをいれるという口実で屋敷の中に逃げ込んだ。キッチンにたどり着くまで足を止めず、それから心を落ち着け、電気ケトルのスイッチを入れてコーヒーをいれられるようになるまで、ずいぶん時間を要した。

しばらくしてテラスに戻ると、コーヒーのトレイはすぐに別の人の手に引き継がれ、アリソンは午後に用意しておいたスナックのトレイを取りに、急いでキッチンに引き返した。象牙色の取っ手をつかんだとき、背後で足音がしたので振り向くと、キッチンに入ってくるイヴェットの姿があった。友好的なほほえみとは裏腹に、目は計算するように冷たく光っている。

「わたしたちは友達だったことはないし、これからもなることはないでしょう」イヴェットは言いながら、さりげなくスナックをつまんだ。「でも、あなたに警告してあげなくちゃと思ったの。ダークの行動をあまり深読みしないようにと」

アリソンの体はイヴェットの姿を見たとたんにこわばっていた。今は、まるで冷たい鉄の棒を背骨の代わりに差し込まれたような気がしていた。「なんのことか説明してくださる?」

「あら、まあ!」イヴェットはため息をつき、皮肉を帯びた声で言った。「あなたにははっきり言ってあげなきゃいけないみたいね」

「申し訳ないけど、悪意あるほのめかしの裏を読むのは昔から苦手なの。言いたいことがあるならはっきり言って、さっさとけりをつけましょう」

「最近、ダークのあなたに対する態度が変わったでしょう……。気づいていないとは言わせないわ」

「ええ、気づいているわ」アリソンは認め、動じることなく、あざけるようなグレーの目を見据えた。

「その理由はただひとつ。彼はファーディを失うことを恐れているの」

「ファーディを失う?」

「ダークはあの子を手に入れたい。でも、あの子にはあなたが必要だということもよくわかっている。あなたがいなければ、ファーディはこの農園で心から幸せに暮らすことはできない。だから……」

　イヴェットは最後の言葉を濁したが、アリソンにはその意味がはっきりとわかった。

「もういいわ」

「あなたならわかってくれると思ったの」

「ええ」アリソンは短く言い、イヴェットの取り澄ました顔をひっぱたいてやりたい気持ちを必死に抑えた。「よくわかったわ」

「よかった！」イヴェットは無愛想に言うと、テーブルにもたれていた体を起こした。だが、相手に致命的な打撃を与えたことをじゅうぶん承知していながら、子供のように意気ごむイヴェットの態度は、アリソンを少し困惑させた。「さて、胸のつかえも取れたことだし、何かわたしにお手伝いできることはあるかしら？」

「せっかくだけど、何もないわ」

「あら、そう。じゃあね」

　イヴェットが近代的な設備を整えた広いキッチンからゆっくりと出ていったあとも、アリソンはしばらくのあいだ、凍りついた彫像のようにその場に立ちつくしていた。だが、やがて真相に気づいた痛みが熱い刃のように彼女を貫き、焼き焦がした。

　ようやく屋敷から出ると、ダンスの盛り上がりは最高潮に達していた。スナックの皿を機械的にテーブルに運びながら、アリソンは祈った。誰もわたしの異変に気づきませんように。だが、空になったトレイを持ってキッチンに戻ろうとすると、テラスでマイクとエリカが彼女を待ち構えていた。ふたりの目つきから、様子がおかしいことに気づかれてしまったとわかる。あわてて逃げようとしたアリソンの前にマイクが立ちはだかった。

「アリソン、具合でも悪いのか?」彼はそう尋ね、夜空に際立つみごとな切妻屋根の屋敷に入ろうとするアリソンの行く手をふさいだ。

「そんなことはないわ。元気そのものよ」

エリカも前に進み出て夫の横に立った。「余計なことだったらごめんなさい。でも、あなたの顔色ときたら、幽霊でも見たみたいに真っ青よ」

「ちょっとしたものに動揺してしまったの。それだけよ」アリソンはごまかして、さりげなくドアに近づこうとしたが、マイクに再び道をふさがれた。彼の細長い顔には断固たる決意が満ちている。

「きみを動揺させたのは〝もの〟ではなくて〝人〟だろう。そしてその相手はイヴェットに違いない」

「マイク!」エリカが言いすぎだといさめるように夫の腕に手をかけた。

「いいのよ、エリカ」アリソンは凍りついた唇に無理やり笑みを浮かべ、マイクのほうを見た。「あなたにはいつか打ち明けたことがあったのを忘れていたわ」

マイクの目に勝利の喜びと怒りが同時に輝いた。「では、あえて名前は繰り返さないが、やはりあの女性だったんだな」

「ええ、そのとおりよ」

「今度は何をされたんだ？」

「わざわざわたしのために骨を折って、あることを教えてくれたんだけど、実は彼女に言われるまでもなく、すでに知っていたことばかりだったわ」アリソンは苦痛に満ちた声で言うと、自分をあざ笑うようにこわばったほほえみを浮かべた。「でも、彼女のような女性に告げられる真実は、人のいちばん痛いところを突くことができるのよ」

マイクの目が鋭くなった。「まさか、またここを出ていくつもりではないだろうね？」

考えてもみなかったことだが、言われてみればそのほうがいい気がする。「そうするべきかもね」

「早まってはいけない、アリソン。以前きみがダークのもとを去ったあとのような日々がまた繰り返されると知ったら、ボルドーの人々はみんな意気消沈してしまう」

「ちょっと大げさではないかしら、マイク」アリソンは陽気に笑った。「わたしがいようといまいと、ボルドーの人たちの幸せには関係ないでしょう？」

「それが、そうでもないんだ」マイクは言葉を強調するように彼女の肩をつかんだ。「この数カ月間で、きみはこの農園に欠かせない人になった。ボルドーの人々はきみに対して大いなる好意と尊敬を抱いている。彼らはみんな、きみが去ったあとのダークがどんなだったかを鮮明に覚えているしね」

〝ボルドーでは悪魔が暴れ放題でした〟サロメの言葉がふと脳裏によみがえり、アリソンはまるで釣り針にかかった魚のように心の中でもがいた。「そんなふうに言われると、とても出ていけないわ。でも、わたしが困るのを承知で言っているのよね」

「決めるのはきみだ」マイクは認め、アリソンの肩から手を放した。「ただ、どちらの道を選ぶにせよ、ぼくが指摘した点について、じっくり考えてからにしてほしい」

アリソンにしてみれば、行く手に巨石を投げ込まれた心境だった。マイクが本気なのはよくわかるし、彼がアリソンだけでなく、農園のすべての人々のことを考えていることもわかる。それでも、こんなときに、彼のもっともな理屈に感謝の気持ちなど抱いてはいられない。自分のことを考えるだけで精いっぱいだ。

「もういいわ」アリソンはぴしゃりと言い、不当と知りながらも冷たい怒りをマイクにぶつけた。「なんにもならない助言をありがとう！」

アリソンはマイクを押しのけ、かつて結婚していたほんの短いあいだ、女主人として君臨していた屋敷に入った。足音を吸収する厚い絨毯（じゅうたん）の上をやみくもに歩いたが、空っぽのキッチンに逃げ込むと、体の震えが抑えられなくなった。力の入らない指からトレイが滑り落ちそうになり、あわててつかみ直してテーブルの上に置くと、驚いたことに涙がどっとあふれた。

自分を抑えることができず、泣いているところを誰かに見られることを恐れたアリソンは、キッチンの勝手口から逃げ出し、ほとんど走るようにして自分のフラットに戻った。誰もいない自分の寝室で、細い体を振り絞るようにしばらく泣きじゃくると、やっと落ち着きを取り戻すことができた。冷たい水で顔を洗って慎重に化粧を直し、悲しみに屈してしまった痕跡を完璧に隠して、これなら大丈夫と思えるまで体裁を整えてから、ようやくフラットを出てパーティーに戻った。

真夜中近くにダークからダンスを申し込まれ、礼儀上アリソンは断ることができなかった。ダークの腕がしっかりと腰にまわされ、ふたりの体が触れ合うと、彼女は凍った血管が溶けていくのを感じたが、彼がそばにいるという甘い苦悩さえも、心を覆っている冷たさを完全に取り除くことはできなかった。

「今夜ずっと、ぼくを避けていたね」音楽に合わせてゆっくりと体を揺らしながら、ダークが責める。「思い返してみれば、この二週間、ずっと避けられていたような気がする」

「忙しかったの」

「ぼくが夜を一緒に過ごそうとすると、きみはいつもそう言ってごまかした」ダークがあざけった。

「わたしがここに来たとき、あなたに用事を言いつけられないかぎり、夜は好きなように過ごしていいと言われたはずよ。たとえわたしが夜の時間を今夜の準備のために使ったとしても、それはわたしの自由でしょう」アリソンは弁解するように言い返したが、ふと顔を上げると、ダークの険しい顔に苦悶がよぎるのが見えた。

「くそ、アリソン！」彼は耳元で低く唸った。「日曜日のピクニックのあと、ぼくたちの関係はかなり友好的な段階に進んだと思っていたのに」

「日曜日のあと、わたしは何も変わっていないことを思い知らされた」アリソンは冷ややかに訂正した。

「きみはわかっていない――」

「ダーク？」おなじみの甘ったるい声が彼の力強い返事をさえぎり、踊っていたふたりの足を止めた。「最後のダンスはわたしと踊る約束だったわね？」

一瞬、ダークは否定しそうになったが、次の瞬間、気を変えたらしく、何を考えているのかわからない顔に変わり、あっさりと言った。「そうだな」

「ほらね？」アリソンは皮肉なほほえみを浮かべ、彼女から腕を放したダークの細くした目を見上げた。彼がイヴェットの体に腕をまわすのを見たくなくて、その前にきびすを返してパーティー会場を出ると、静まり返ったフラットに戻った。

ベッドに入ったが、眠れなかった。激しく混乱している意識の中で、今夜言われた二つの言葉だけがはっきりと鳴り響いている。ひとつはイヴェットの言葉。〝あなたがいなければ、ファーディはこの農園で心から幸せに暮らすことはできない〟もうひとつはマイクの言葉だ。〝きみがダークのもとを去ったあとのような日々がまた繰り返されると知ったら、ボルドーの人々はみんな意気消沈してしまう〟

アリソンの心は揺れ動いていたが、疲労の限界に達したとき、ようやく明確な答えに向き合うことができた。逃げ出すのは臆病者の行為で、とどまるには多大な勇気がいる。わたしはありあまる勇気の持ち主だ。四年前の自分は、臆病者のように逃げ出した。でも、今回は違う。けっして逃げたりしない！

心が決まると、アリソンはやがて眠りについた。しかし、すぐにその勇気を試されることになるとは知る由もなかった。

日曜日の朝アリソンが目覚めると、雨が降っていた。昨夜の雲ひとつない星空を思うと、にわかには信じがたい。雨が降る予兆などなかったのに、寝室の窓から見上げる空は、厚い灰色の雲にすっかり覆われている。

ファーディは、たいていの子供がそうであるように、家の中に閉じ込められてひどく不機嫌だった。雨は霧のように細かいが、大雨のときと同様に湿度は高く、外に出て具合が悪くなる危険を冒すわけにはいかない。憤慨しすぎて疲れたファーディは昼食のあと眠ってしまい、親子の類似性について考えさせられていたアリソンのもとへ、サロメを通じて、ダークから書斎でふたりきりで話がしたいという呼び出しがあった。

アリソンが書斎に入ると、ダークは背を向けて窓辺に立っていた。ドアをそっとノックするまで、こちらの存在に気づかなかったらしい。ようやく振り向いたダークは、アリソンの姿を見て目を鋭く細めたが、アリソンのほうも彼を慎重に観察していた。黒のズボンと黒の開襟シャツを着た彼はまるで悪魔そのもので、灰色の蛇革のベルトだけが、装いの堅苦しさを和らげている。

　ダークが中に入ってドアを閉めるように身ぶりで示す。アリソンは冷たい目でじっとこちらを見つめている真っ黒な悪魔と同じ部屋に閉じ込められることを若干警戒しながらも指示に従った。

「二週間前の日曜日にぼくが提案したことへの返事を、そろそろ聞かせてもらいたい」ダークは昨夜のやりとりなどまるでなかったかのように、そっけない口調で言った。

　アリソンはしばらく呆然（ほうぜん）としていたが、彼のまねをすることにした。「ええ、そろそろ返事をするべきね」賞賛されてもいいくらいの曖昧さで答えた。

「それで?」

「返事は〝ノー〟よ」

　アリソンが穏やかに答えると、ダークは顎をこわばらせた。

「理由は?」

「わたしは利用されるのはまっぴらなのよ。ファーディのためであろうと、誰のためであろうと」

「ファーディ?」

「そう、ファーディよ!」アリソンは怒りで目をぎらつかせながら鋭く繰り返した。「あの子にはあなたが必要で、それと同じくらいわたしが必要なことはわかっているわ。それであなたは、もう一度わたしと一緒になることを思いついたのね」言葉を切って皮肉な笑い声をあげ、話を続ける。「見上げた動機だわ。でも、あなたが何よりも恐れているのは、わたしがファーディを連れてここから出ていくことなのよ」

水を打ったような静けさが訪れた次の瞬間、ダークの怒りが爆発した。

「ファーディの居場所はここだ。どこにも行かせない。必要とあらば、ぼくが父親と母親になる。きみが去ろうがとどまろうが、ぼくの知ったことか!」

昨夜真実を突きつけられたときもじゅうぶんつらかったが、それをダークの口から聞くことはあまりにも耐えがたい。アリソンの顔から血の気が引き、真っ青になった。「やっぱりイヴェットの言うとおりだったのね!」

「ぼくたちの問題とイヴェットと、なんの関係があるというんだ?」

「関係は大ありよ」アリソンは自分の声とは思えないくぐもった声で答えた。「昨夜(ゆうべ)イヴェットにいくつかのことを指摘されたわ。とっくに知っていたけど、都合よく忘れていたことを。彼女は、あなたがわたしとよりを戻したがっているのはファーディのためだけだという事実を、心底うれしそうに突きつけてくれたわ」

ダークはおなじみの仮面をつけ、本当の気持ちをアリソンに隠したまま、頭にくるほど穏やかに言った。「そうか」

「わかってくれてうれしいわ。それに、偽りの言葉でイヴェットの主張を否定しようとしなかったことも立派ね」アリソンは自分の目から見た真実をダークに突きつけた。「あなたはさっき、わたしが去ろうがとどまろうが知ったことではないと言った。その言葉で、あなたがわたしを少しも気にかけていないことが、はっきりわかったわ」

「アリソン！」ダークは弁解するように怒鳴ると、唇のまわりを白くこわばらせながら手を伸ばした。

だが、アリソンは自分の苦しみ以外何も見えなくなっていた。「触らないで！」鋭く叫び、ドアのほうに後ずさる。「あなたには、およそ人が耐えうるかぎりのものを奪われた。そのうえ、わたしがファーディひとりを残して立ち去ると思うなら考え直したほうがいいわ。それがあなたの望みなら、あなたの奴隷になってもいいし、身を粉にして働いてもいい。でも、もう二度と、絶対に、地所の従業員以上のことをわたしに期待しないでちょうだい」

「アリソン――」

「あなたなんか大嫌いよ、ダーク。大嫌い！」アリソンは叫ぶと、ドアをこじ開けて外へ飛び出した。フラットまで走るあいだに呼吸はむせび泣きに変わる。ようやくたどり着いた居間のまんなかに立ちつくしてあえぎながら、今さっきのできごとのあとで、このまま穏やかに座るなんてできないと気づいた。

アリソンは通りがかりに書き物机の上にあった車のキーをつかむと、外へ駆け出して運転席に飛び乗った。どこかひとりになれるところへ行かなければ。あらゆるものがわたしを閉じ込めようとしているボルドーを離れ、ひとりきりで考えられるところへ。いまわしい過去と現在が一緒になって襲いかかってくる苦悩に、これ以上耐えることはできない。

ルノーの走り出しは遅いが、すぐに速度が出て母屋の脇を通り過ぎた。アーチ形の門に続く私道は果てしなく長く感じられ、今にも誰かが飛び出してきて引き留められるのではないかという恐ろしい不安を振り払うことができなかった。だが、何ごとも起こらず、ステレンボッシュに続く幹線道路に入ると、彼女は安堵(あんど)のため息をついた。とくに理由があってステレンボッシュに向かっているわけではなく、はっきりと行き先を決めているわけでもない。とにかくしばらくひとりになってどこかへ行きたいだけだ。

雨はおさまってきた。だが、タイヤはまだ濡(ぬ)れた舗装道路の上で音をたてているし、すれ違う車が水滴をはね上げるので、フロントガラスのワイパーを動かさざるを得ない。道路を走る車はそれほど多くなく、アリソンがぐっとアクセルを踏むと、小型車は急にスピードを上げた。このところの雨のおかげでカントリーサイドには緑が生い茂り、葡萄(ぶどう)園はどこもかしこも力強い生長が見られるが、アリソンには何も見えていなかった。その目に映るのは、あの残酷な言葉を放ったダークの険しい表情と冷たく無関心な目だけだ。

〝去ろうがとどまろうが、ぼくの知ったことか〟つまりはそういうことだ。ずたずたになった心の中に彼の言葉が鳴り響くが、アリソンはすでに決意していた。わたしはここにとどまる。生き地獄のような苦しみを味わうだろうが、もう逃げたりしない。息子のために、みんなのために、ここにとどまる。そうすれば……いつかきっといいこともあるだろう。

はるかかなたに思いを馳(は)せていると、黒いみすぼらしい犬がいきなり車の前に飛び出してきた。反射的にブレーキを踏み込み、犬を避けようと鋭くハンドルを切ったが、そうしながらも、車のタイヤが濡れた舗装道路を滑るのがわかる。犬は無傷で走り去り、斜面をおりてフェンスのあいだを抜けていったが、アリソンは車の制御を取り戻す戦いに敗れつつあった。何もかもがスローモーションになったような奇妙な感覚はあるが、恐怖とは結びつかない。ルノーは路肩に向かってスリップし、永遠とも思える一瞬、その場に浮かんでから斜面を転がり落ちた。

ぐるぐるとまわる世界の中で金属がつぶれる音やガラスが割れる音がしたが、奇跡的にもルノーは再びタイヤを下にして立った。アリソンは座ったまましばらく唖然(あぜん)としていた。あたり一面にガラスのかけらが飛び散っている中で、自分が無事でいることに感心する。

だが次の瞬間、ボンネットの下から炎が上がっているのを見て飛び上がった。両側のドアを開けようとしても開かず、そのとき初めてシートベルトを締めていることに気づいた。留め具をはずそうとしたが、不具合が生じているのかうまくいかない。ボンネットの下から上がる炎はどんどん大きくなり、割れたフロントガラス越しに顔に熱を感じると同時に、じわじわと恐怖に包まれる。

「大丈夫ですか？　すぐに助けます」横で声がした。

見上げると、赤い革のジャケットを着た、見知らぬ青年の顔があった。アリソンが恐怖で声も出せずにいると、青年はナイフを取り出し、親指をはじいて鋭い刃を開いた。彼は手際よくシートベルトを切ってアリソンを解放した。気がつくと彼女は、窓から引き出されて安全な場所にいた。

「中にまだ誰かいますか？」

「いいえ」

「危ない！」次の瞬間、青年が叫んだ。

アリソンはとっさに斜面脇の地面に倒れ込んだ。耳をつんざくような爆音が湿った地面を震わせ、続いてガソリンとゴムの焼ける刺激臭がして、ようやくアリソンは顔を上げて肩越しに振り返った。煙と炎の玉に包まれたルノーを見たとたん、起こっていたかもしれないことに対する恐怖が戻ってきた。アリソンは木の葉のように震え、涙も出ないままし

ゃくり上げていたが、そのときようやく、隣で同じように堤に倒れ込んでいる赤毛の青年

のことを思い出した。

彼は体を起こしてアリソンをじっと見た。「怪我はありませんか？」

「ええ……な、ないと思うわ」アリソンはつかえながら答えた。なんとか落ち着きを取り戻し、どこか痛みの兆候はないか心の中で確認する。

「危機一髪でしたね」

「ええ」アリソンは震えながら、ごくりとつばをのみ込んだ。「あなたのおかげだわ」

上のほうから知らない声が聞こえることに気づき、アリソンは見上げた。すると、何台もの車が止まって事故の現場をのぞき込んでいる。すぐにここを離れなければ。アリソンは青年の手を借りて立ち上がり、彼に肘の下をしっかりと支えられたまま斜面をのぼると、詮索好きな人々が見物を続けている間に道路に戻った。

「ソリテールの農園まで送ってもらえるかしら？」ふと、ソリテールの葡萄園が目と鼻の先にあることに気づき、アリソンは青年に頼んでみた。「友達がいるの」

青年はうなずくと、次々と質問を投げかけてくる群集をかわしながら、アリソンを導いた。命の恩人の乗り物が大型のオートバイだと知ったアリソンは、スラックスをはいてきたことに感謝した。

「こういうものに乗るのは初めてですか？」青年は彼女の表情を正確に読み取り、にやりと笑った。

「ええ、初めてよ」そう白状すると、青年はとても協力的になった。アリソンに予備のヘルメットをかぶせて、顎の下でしっかりと留め、足をのせる場所を教え、あとは命をなくさないために彼自身にしがみついているようにと告げた。

「ソリテールの農園ですね?」青年は肩越しにアリソンをちらりと見て、ペダルを勢いよく蹴ってオートバイのエンジンをかけた。

「そうよ」アリソンは轟音(ごうおん)に負けないように大声で言った。「ここから一キロもないわ」

次の瞬間、アリソンは青年の革ジャケットを乱暴につかみ、彼女の命をあっさりと奪うところだった事故の現場を走り去った。

10

オートバイのとどろきを聞きつけたに違いないケイトが、こちらがノックする前に玄関の厚いオーク材のドアを大きく開け、アリソンの哀れな姿を一瞥するなり、みるみる真っ青になった。

「アリソン!」ケイトは叫び、すぐさま彼女に駆け寄った。「いったい何があったの?」

ケイトはアリソンから隣に立っている青年に視線を移した。

だが、震えながらもアリソンが答えた。「一キロほど手前で、車の事故を起こしてしまって……。この青年が親切にもここまで連れてきてくれたの」

ケイトは話を聞いた衝撃からすばやく立ち直り、両手でふたりを招いた。「とにかく入ってちょうだい――ふたりとも」

「すみませんが、ぼくはステレンボッシュにいる恋人に会いに行く途中だったんです。もう出発しないとデートに遅れてしまう」アリソンの命の恩人はあわてて断ると、軽く片手を上げて挨拶をした。「お役に立ててよかった」

アリソンは引き留めようとしたが、青年はあっという間に玄関ステップをおりてオートバイに乗って行ってしまった。「どうしよう……。わたし、彼の名前も聞いていない」

「今はしかたがないわ」ケイトはなだめるようにつぶやき、アリソンの肩に腕をまわした。「とにかく、中へ入りましょう」

今のアリソンは、とても筋道立ててものごとを考えられるような状態ではなく、別の人の指示に身をまかせられることがありがたかった。それが実際的で有能なケイトであれば、なおさらだ。ケイトはアリソンをバスルームに連れていき、体を少し洗ってくれた。手と顔の汚れが取れただけで、ずいぶん気分がよくなったが、ケイトはまだ手を止めなかった。救急箱を取り出し、何も言わずに、今やはっきりと痛みを感じるようになっている髪の生え際の傷の消毒に取りかかる。そして手際よく細い絆創膏を張ったあと、ようやくケイトはアリソンを、おなじみの梁のある天井とアンティークの家具が並ぶ居間に連れていった。

アリソンが心地よい椅子におそるおそる腰をおろすと、まるで魔法のようにお茶のトレイが現れ、ケイトがふたり分の濃いお茶を注いだ。

「今のあなたに必要なものよ」ケイトはちょっとほほえむとアリソンにお茶を渡した。「まずはお茶を飲んで。それから話を聞かせて」

アリソンは黙って従い、ケイトに見守られながらお茶を飲んだ。震えがまだおさまらず、生死の差は紙一重なのだと改めて思い知らされる。

ケイトが空になったティーカップを震える手から受け取ってくれると、アリソンは生気のない声で言った。「全部わたしひとりの責任よ。濡れた道でスピードを出しすぎていたところへ、目の前に犬が飛び出してきたの。避けようとしたら車がスリップして、道をはずれて斜面を転がり落ちてしまった」

「よく命があったわね」

「シートベルトを締めていたおかげよ。でも、あやうくそれが命取りになるところだったの。車から火が出て、わたしは震えながらもシートベルトをはずそうとしたけど、事故の衝撃で壊れてしまったらしくて、どうしてもはずれなかった。わたしをここへ連れてきてくれた青年が現れて、危ういところでわたしを引き出してくれなかったら、今ごろ……」

アリソンがそれ以上続けられなくなって黙り込むと、ケイトは信じられないという顔で尋ねた。

「まさか、車は燃えてしまったの?」

アリソンはうなずき、つばをごくりとのみ込んだ。「わたしが引っぱり出された数秒後に爆発したの」

事故の恐ろしさにアリソンは震え上がったが、彼女の話を聞いたケイトも影響を免れなかった。顔面蒼白になり、目だけが色彩を保っている。

「ああ、なんてこと!」ケイトは吐き出すように言うと、さっと立ち上がった。「ダークに知らせなきゃ。あなたは無事で、ここにいると」

「やめて」アリソンはあわてて引き留め、不安げなしぐさをした。「とにかく、今はまだ言わないで」

ケイトは当惑顔でアリソンの正面の椅子に座った。「あなたが目的地に着いていないと知ったら、ダークは心配するわ」

アリソンはみじめな気持ちで首を横に振り、膝の上で固く握りしめた手を見おろした。

「行くあてはなかったの。ダークはわたしが地所を出たことさえ知らないし……気にも留めていないと思うわ」

「アリソン?」ケイトが身を乗り出してアリソンの腕に触れた。

その信じられないほどの穏やかさに、アリソンの中で何かがはじけた。「ああ、ケイト……わたし、以前も不幸だったけど、今回は……」あえぎながら深呼吸をして落ち着きを取り戻すと、力なく付け加える。「ファーディのことさえなかったら、いっそ炎の中で死んでしまいたかったわ」

「そんなことを言ってはだめよ!」ケイトはさっと叱りつけた。

「ファーディのため以外に生きる意味なんてないわ」アリソンは静かに言い返した。「ダークはわたしのことなどなんとも思っていないし」

「でも、あなたはまだ彼のことを……」

「悔しいけど、ずっと彼を愛することをやめられなかったわ」アリソンは打ち明けた。今日の午後の彼との会話が脳裏によみがえる。「ダークはわたしが息子を連れて出ていくことを恐れているの。その事実を彼に突きつけたら、ファーディの居場所はボルドーだけど、わたしがどこに行こうが知ったことかと言われたわ」言葉にするだけで、焼かれるような痛みが全身を走る。

顔を上げたアリソンの目を見たケイトにも、その苦しみがわかった。

「やあ、いったいどうしたんだい？」ライノの声が沈黙を破った。

ふたりは居間に入ってきた背の高い細身の男性を見上げた。

「アリソンが事故を起こしたの」ケイトが静かに告げる。

するとかすかなほほえみを浮かべていたライノの日焼けした顔がショックの表情に変わった。「まさか、ここから一キロほどのところで煙を上げていた、あの車じゃないだろうね？」

「あれよ」アリソンはなんとか答えた。

「ダーリン、ちょっとここでアリソンと一緒にいてちょうだい」ケイトはライノがそれ以上何か言う前にすばやく口をはさみ、それからアリソンに視線を戻した。「やっぱりわたし、ダークに電話するわ」

アリソンはひるみながらも、しかたなくうなずき、間もなく居間でライノとふたりきりにされた。

「何があったんだ？」ライノはさっきまでケイトが座っていた椅子に細長い体を埋めた。

アリソンは恐ろしい事故のあとソリテールに来ることになった顛末を手短に繰り返した。話を終えると、ライノの黒い目がじっとこちらを見つめていた。

「医者を呼んで、診てもらったほうがいいんじゃないか？　脳震盪か何か起こしているかもしれない」

「ありがとう。でも、その必要はないわ」アリソンはあわてて断った。「打ったところが少し痛むのと、動揺が激しいけど、それ以外はなんともないわ」

ライノはそれ以上無理強いしなかった。

しばらくしてケイトが居間に戻ってきたが、彼女は美しい顔にひどく奇妙な表情を浮かべていた。緊張を伴う興奮と、勝利感が入りまじったような表情に、アリソンは困惑するばかりだった。

「ダークに話したわ。すぐにここへ来るそうよ」ケイトはライノの椅子の肘掛けに腰かけ、夫の肩に腕をまわしながら厳粛に付け加えた。「ダーリン、ダークが来たらあなたは隠れていてね。あとはわたしにまかせて」

ライノは黒い目で妻を見上げ、その表情を見て厳しく尋ねた。「いったい何をたくらんでいる、ケイト？」

「正直、ダークと話すまではとくに何も考えていなかったわ。でも——」ケイトは言葉を切り、先ほどと同じ、興奮と勝利感の混じった笑みを浮かべた。「彼はあなたが死んでしまったと思っているの」

「ああ、そんな！」アリソンは恐怖に近いものを感じて息をのみ、つまった喉に震える手を当てた。

「ケイト、いったい彼に何を言ったんだ？」

ライノの怒鳴り声にアリソンはたじろいだが、ケイトは夫の激高に少しも動じていないらしい。

「アリソンが事故に巻き込まれて、車は斜面を転がり落ちて燃えたと話したの」穏やかに説明する。

「彼はなんて？」アリソンが今度は力なく尋ねた。

「あなたの居場所を尋ねたから、わたしはここだと答えたわ。すると、ひと目だけでもあなたに会いたいから、けっしてこの場から動かさないようにと言われた。それでようやく、ダークはあなたが事故で死んでしまったと思っているのだと気づいたの」

「そのまま訂正もしなかったのか？」ライノは信じられないというようにケイトに詰め寄った。

「それ以上何か言う前に、彼が受話器をたたきつけてしまったんだから、しかたがないでしょう?」

「ケイト!」ライノは憤慨のため息をついたが、やがて力強い口元に、ためらいながらもかすかな笑みを浮かべだ。「まったく、きみのしでかすことには度肝を抜かれるよ」

「自業自得なんだから、しばらく苦しんでもらったところで罰は当たらないわ」ケイトは確信を持って言い返した。「それに、これでダークがどれだけアリソンを気にかけているか、はっきりわかるもの」

「きみは危ない芝居を打っているんだぞ」

アリソンは急に怖くなり、椅子の端に体重を移した。「ケイト、わたし――」

「大丈夫よ、アリソン」ケイトがさえぎった。「あとは運を天にまかせましょう。わたしの考えが間違っていなければ、すぐに真実がわかるはずよ」

「ぼくは書斎にいるから、何かあれば呼んでくれ」ライノが宣言して立ち上がった。

ケイトは通り過ぎようとする夫の手を取って指をからませた。「ありがとう、ライノ」

「きみはどうかしているよ」ライノはむっつりと言うと、それから不意にほほえみ、頭を下げて妻の唇に軽くキスをした。「それでもやはり愛している」

ライノが出ていき、居間にはケイトとアリソンだけが残された。ふたりはしばらく何も言わずに向かい合って座っていた。

やがてケイトが励ますようにほほえんだ。「あとは待つだけよ」

神経がすり減るような長い待ち時間のあいだ、話していたのはほとんどケイトで、アリソンは機械的に相槌を打つばかりで、自分が何を言っているのかさえよくわかっていなかった。考えられるのはダークのことだけ。目に浮かぶのは、あのときの彼の残酷な目の輝きだけだ。〝ぼくの知ったことか！〟

私道を走ってくる車の音が聞こえ、ケイトが立ち上がると、恐怖に近いものがアリソンを満たした。

「きっとダークよ」ケイトは部屋を横切って窓辺に行くと外を見た。「ほら、やっぱり！」

アリソンは思わず立ち上がったが、すぐにケイトの両手が肩にかかり、無遠慮に椅子に押し戻された。「座って。とにかく、落ち着いていればいいから」

アリソンはおびえた目で、ケイトのほっそりした長身の姿が居間を出ていくのを見送った。ドアを少し開けて、広い玄関ホールの音が聞こえるようにしてくれているが、外の様子までは見えない。

「彼女はどこに？」ほどなくダークの低くとどろくような声が聞こえた。

それだけでアリソンの神経は激しく震えた。混乱してうろたえながら、ドア口をじっと見つめる。

「そっちよ」ケイトの穏やかな声が答えた。

重い足音が居間に近づいてくると、不意にアリソンは、奇妙なほどの落ち着きに包まれるのを感じた。磨かれた木の床を歩くダークの足音が聞こえるたびに、こわばっていた背中の力が抜け、浅くなっていた呼吸が正常に戻っていく。

ドアが大きく開き、ダークが現れた。

「アリソン！」ダークの唇から、かすれた聞き覚えのない声で、彼女の名前が飛び出した。次の瞬間、彼はアリソンの前でひざまずき、生きていることを確かめるように、彼女の体に震える手を滑らせながら、怪我をしたところはないかと探った。「どこか痛むのか？」

「少し打撲して、動揺しているけど……大丈夫よ」アリソンはなんとかささやいたが、足元の真っ青な顔をした男性から目を離すことができなかった。よく知っている人のはずなのに、ぜんぜん知らない人のような気がする。

「本当に？」

「ええ」

ダークはアリソンの額に貼られた小さな絆創膏をそっと撫で、取り乱した目で再び彼女の目をのぞき込んだ。「きみは……まさか……」

「自殺しようとしたのかって？」アリソンは言いよどんでいるダークの代わりに締めくくった。彼がうなずくと、こう言った。「いいえ、違うわ」

ダークの顔が安堵の表情に変わるのを見て、アリソンはうずくような愛しさでいっぱいになった。息子が慰めを求めているときのように、ダークの頭を胸に引き寄せてあげたいが、そんな気持ちを抑え込む。わたしの思い違いかもしれないし、今彼になじられるのは耐えられない。

「アリソン……」ダークの手がアリソンの手を探し当て、強く握りしめた。だが、彼女をとらえたのは、ダークのかすかに充血した目に浮かんだ、見慣れぬ懇願の表情だった。

「一緒に帰ろう」

いつもの尊大で自信に満ちた態度をこんなにも脱ぎ捨てたダークは初めてだ。そんな彼を見るのは胸が痛い。この誇り高い人が、足元にひざまずいているのを見るのもつらい。

「一緒に帰るわ」アリソンが声をつまらせながら言うと、ダークの憔悴(しょうすい)して青ざめた顔に再び安堵がよぎった。

ボルドーに帰る車中では、ふたりとも無言だった。アリソンの車の残骸の横を通りかかったとき、ジャガーのハンドルを握る手に力がこもったのが、ダークの唯一の反応だった。彼の力強い横顔は険しいが、顔色はずいぶんよくなっている。隣で緊張しておとなしく座っているアリソンは、いったい彼はどういうつもりなのだろうと考えずにはいられなかった。

わたしはありもしないものを夢想しているだけ？　さっきの態度からして、本当はわたしのことを気にかけてくれていたと解釈してもいいの？　それ以外に考えられないでしょう？

ふたりがボルドーに戻ると、私道にイヴェットの赤い車が止まっていた。アリソンは希望が粉々に砕けるのを感じた。横目で探るようにダークの顔を見たが、彼は無表情のまま玄関ステップの近くにジャガーを止め、アリソンが降りるのに手を貸した。ふたりは無言で屋敷に入ったが、居間に足を踏み入れたとたん、イヴェットが椅子から立ち上がり、ダークに駆け寄って、独特のしぐさで彼に抱きついた。

「ダーリン、ずっと待ってたのよ。どこへ行ってたの?」イヴェットがダークの肩越しに、黙ってふたりを見つめているアリソンを見つけると、喜びの表情を一変させ、子供のような悪意をむき出しにした。「あら、彼女と一緒だったのね」

アリソンはその場に立ちつくし、これまで数えきれないほど目撃した場面が繰り返されるのを覚悟していた。しかし、おなじみのエピソードはいつもと違っていた。

ダークはしがみつくイヴェットの腕を穏やかにほどいた。「もう家に帰ったほうがいい、イヴェット。ぼくは妻とふたりきりになりたいんだ」

「妻ですって?」イヴェットはさげすむように鼻を鳴らし、再び悪意に満ちた目をアリソンに向けた。「よくもまあ、いまだに妻だなんて思えるわね。あなたの子供を宿していることも告げず、何年も前に出ていった人のことを」

「アリソンが出ていったのには、それだけの理由があったんだ。それがぼくのせいだと気づけなかった」

ダークの返事を聞いてアリソンは息ができなくなった。

「さあ、ぼくの言うことを聞くんだ、イヴェット。家に帰って、ぼくと妻をふたりきりにしてくれ」

「そんなの、ひどいわ！」

「これからもこの家で歓迎されたいと思うなら、ぼくの言うとおりにしてくれ」ダークが穏やかに、しかしきっぱりと言うと、イヴェットのヒステリックな態度は太陽に照らされた霧のように消えた。

アリソンは呆気(あっけ)に取られて目をしばたたいた。

「わかった。帰るわ」イヴェットは腹立たしそうに言ってふたりに背を向けたが、ドアのところで立ち止まり、振り返って不安そうにダークを見た。「わたしのこと、怒っていない？」

「ああ、怒っていない」

イヴェットはうなずき、屋敷を出ていった。やがて彼女の車が敷地を走り去る、聞き慣れたエンジン音がした。

アリソンはたった今見た光景に困惑していた。潜在意識の奥底からイヴェットの態度の意味が浮かび上がりかけてきたが、そんなばかなと一蹴する。

ダークに椅子を勧められ、アリソンは問いかけるように彼を見つめながら腰をおろした。

「あなたに追い返されて……イヴェットはまるで子供みたいになったわ」

「まさにそのとおり。彼女は……子供なんだ」ダークは認め、指で髪をかき上げると、部屋を横切って見慣れない飲み物をふたり分注いだ。

「でも、彼女は……二十五歳でしょう?」

「ああ、二十五歳だ。だが、ときどき、判断力は子供並みになる」ダークは、アリソンがばかげていると一蹴した疑いを裏づけた。「出生時、脳にわずかな損傷を負ったんだ。学業に支障はなかったものの、衝動的で何をしでかすかわからない。いろいろな意味で子供のままなんだ」

「そうだったのね」アリソンはようやく納得してつぶやくと、ダークから飲み物を受け取り、匂いを嗅いでブランデーとわかった。あまり飲み慣れないものだが、今はたしかに必要な気がする。最初の焼けつくようなひと口が胃にたどり着くと、神経の震えがゆっくりとおさまってきた。

ダークは座ろうとせず、ふた口でさっと飲み干したグラスをキャビネットの上に置くと、落ち着きなく歩きまわった。「ぼくの両親が亡くなったとき、ボルドーは荒れ果てていて、廃墟(はいきょ)同然だった。それを今のように立て直すのに力を貸してくれたのはイヴェットの父上なんだ」

彼が説明を始めたので、アリソンは口をはさまずに黙って耳を傾けた。

「セドリック・ポールソンには一生かかっても返せない恩を受けた。それでぼくはイヴェットの世話を引き受けたんだ。どういうわけか彼女は、父親よりもぼくのほうを信頼しているらしく、困ったことが起こるとすぐにぼくのところへやってくるし、ぼくの助言ならば文句を言わず聞き入れる。彼女の気まぐれな態度や子供っぽい癇癪も、ぼくなら抑えることができる。ほかの誰かがこの役目を引き継いでくれるまで、ぼくは彼女の世話を続けるつもりだ」

「なぜもっと早く話してくれなかったの？」夫と、彼の愛人と思っていた女性との奇妙な関係をようやく理解し、アリソンは静かに尋ねた。

「頑固なプライドのせいだろうな」厳しい口調で答えながら、ダークはアリソンの真正面で足を止め、グレーの目で彼女をじっと見おろした。「人は、気にかけている相手のことはけっして疑わないもの――そう思っていたが、ぼくは間違っていた。信頼とは、一緒に暮らし、感動を分かち合ううちに、少しずつ育っていくものだった」

「わたしも若かったし……愚かだったわ」アリソンは認め、彼の強烈な視線を前に目を伏せた。

「あのあと、ぼくが一年ほどきみを捜しまわったことを知っているかい？　どうしても見つからず、結局あきらめざるを得なかったが」

「なぜわたしを捜したの？」

「なぜかって？」ダークはざらついた声で短く笑った。「すぐに自分が大ばかだったと気づき、きみに戻ってきてもらおうとしたのさ。だが、どうしても見つからず、いつかきみがきみ自身の意思で戻ってくるのを待つしかなかった」

今や希望の炎は、どんなに消そうとしても消えず、静かに燃え続けている。「出ていくなら、二度と戻ってこられると思うなと最後通牒を突きつけておいて、それでわたしが戻ると思っていたの？」

「そのうちきみが、あれは怒りまかせの言葉だと気づいてくれることを願っていた」

アリソンはいぶかしげにダークを見上げた。「ソリテールで再会した日、あなたはうれしそうには見えなかったわ」

「再会の衝撃で、きみを捜し続けたむなしい月日の記憶がよみがえったんだ。きみに対してと同じくらい、自分自身に腹を立てていたが、自分に息子がいたという予想外の事実に、理性が吹き飛んでしまった」彼はうんざりしたようなしぐさをした。「ぼくの望みは復讐だけだと信じていた。ぼくが被った苦しみを、ファーディのことを聞かされていなかった怒りを、思い知らせてやるのだと。だが、復讐というのは、自分にも跳ね返ってくる諸刃の剣だ」

こんなふうに互いにすっかり心を打ち明け合うのは、出会ってから初めてのことだ。この機会を無駄にするまいとアリソンは思った。「苦しんだのは自分だけと？」

「ああ、アリソン。きみを捜しまわった一年間、ぼくがどんな生き地獄を味わったか、きみにはけっしてわかるまい。きみが跡形もなく姿を消したから、しまいにぼくは病院や葬儀場まで訪ね歩いた」

あいだに距離を隔てたまま、アリソンはダークと見つめ合った。本当は彼の腕の中に飛び込みたくてたまらない。でも、まだ言わなければならないことが山ほどある。彼女は落ち着くためにブランデーをもうひと口飲み、苦味に顔をしかめた。もうそれ以上は飲めず、グラスを脇に置いて立ち上がり、細かい雨が降り注ぐ窓の外を見る。木々が霧にかすんで見えるのは、目にたまった涙のせい？

「ケープタウンに着いたとき、わたしはほとんどお金を持っていなかったわ」アリソンはボルドーを去ってからのことを語り始めた。「古い下宿屋に数日泊まったら無一文になって、最初の買い手に車を売ったの」

「きみの車を追跡して、その下宿屋からの足取りをたどったんだが、手がかりは魔法のように消えてしまった」

「当時、仕事はそう簡単に見つからず、わたしは絶望しかけていたわ」アリソンは続けた。自分の身の上を振り返るのに夢中で、ダークの言葉はほとんど耳に入らない。「最終的に、ドクター・サミュエルズがわたしを哀れんで、未婚の母のための施設で働けるようにしてくれたの。敷地内に自分の部屋もあったから、とても都合がよかった。そこでファーディが生まれたんだけど、施設の人たちは親切にもわたしをそのまま働かせてくれて、そのあとようやくもっと適切な勤め口を見つけることができたの。そのころにはファーディも保育所に通えるようになっていて、彼が保育所から幼稚園に進むころには、わたしもタイピストから重役秘書になっていたわ」

「アリソン……」ダークが真後ろで声をかけた。

だが、彼女は次々とあふれ出る苦労話に夢中だった。「罪悪感につきまとわれながら暮らすのは楽ではなかったわ」涙がこみ上げて一瞬視界がかすんだが、まばたきして振り払う。「妊娠のことをあなたに告げるべきだったと思う。でも、あの日家に帰って、イヴェットとあなたが書斎にいるのを見つけたとき、もうこれ以上一秒も我慢できないと思ったの。ファーディが生まれたあと、手紙を書こうとしたんだけど、わたしは怖かった。あなたはファーディのためだけにわたしを連れ戻そうとするのではないかと。それが怖くて、どうしてもできなかった――」

「アリソン」肩にずしりとかかったダークの手が、木綿のブラウス越しに、燃えるほど熱く感じられる。そのままゆっくりと彼のほうを向かされ、泣き顔を隠す間もなく仰向かされた。こちらの目をのぞき込むダークの目に宿る優しい炎に焼き尽くされてしまいそうで、脈がこめかみを激しく打ち鳴らす中、ダークは骨までとろけるような柔らかい表情を浮かべた。「きみを愛している」

アリソンの心臓が止まったかと思うと、次の瞬間、猛烈な速さで動き出した。彼女は仰天してダークを見上げた。「そんな言葉……一度も言ってくれなかったじゃないの」「愛などというものは存在しないと信じて育った男には、容易に口にできない言葉なんだ」ダークは両手で優しくアリソンの顔を包み、親指で頬の涙をそっとぬぐった。「ぼくの両親は、結婚したその日から死ぬまでずっと互いに心底憎み合っていたんだと思う。なぜ結婚したのか不思議だったが、その答えは永遠にわからないだろうな」

「ああ、ダーク」アリソンは同情と、言葉ではとても言い表せない喜びが入りまじったため息をつくと、ダークの腕の中に飛び込んだ。これが夢でないことを確かめるかのように彼にしがみつく。

お互いに必死に求め合うように、ふたりの唇が重なる。アリソンはダークの腰に腕を滑らせると、硬い曲線を描く彼の体に、しなやかな柔らかい体を押しつけた。ついにダークのものになったアリソンの中に、幸せの輝かしいぬくもりが満ちていく。

「きみはこんなにも小さいのに、計り知れない力がある」ふたりがようやくひと息ついたとき、ダークはアリソンを見おろしてほほえんだ。「初めて会った日、とても車とは呼べないようなあの奇妙なもののそばで途方に暮れて立っているきみを見た瞬間、愛なんて存在しないというぼくの信念は粉々に打ち砕かれた」

彼女は首を横に振り、あふれんばかりの思いに目を輝かせた。「わたし……とても信じられないわ」

「信じてくれ、アリソン。きみへの愛は、ここにある」ダークはアリソンの手を取り、自身の胸に押し当てた。指の下から、彼の強く激しい鼓動が伝わってくる。「感じて、わかってくれ。頻繁に口にすると約束はできないから」

心に残っていた最後の疑惑が消え、アリソンの目に涙があふれた。黒いまつげに真珠のように光る涙をたたえながら、ダークを見上げてほほえむ。「わたしもあなたを愛しているわ、ダーク・デュボア」

手の下でダークの胸がふくらむのを感じたかと思うと、アリソンはなかば乱暴に彼の腕の中に引き寄せられた。求めるように唇を上げて重ねた熱いキスに、魂の根元まで揺さぶられるようだ。

ダークは唇を重ねたままアリソンを抱き上げ、ソファに運んだ。その上に彼女をおろし、体の重みで押さえつける。アリソンが理論的な思考力を取り戻したのは、それからずいぶんあとのことだった。

「笑い声と歌声が聞こえるんだけど、脳震盪を起こしたのかしら」アリソンはダークの広い胸に顔を押しつけたままくぐもった声で言った。

ダークは顔を上げて彼女のほてった顔を見おろし、ほほえんだ。「農園の労働者たちは、しばしば不思議な力を持つ。超感覚的と言ってもいいだろう。どういうわけか彼らは、本当の意味で、きみがぼくのもとに帰ってきたことを知っているのだと思う」

「〝そして谷に笑い声がこだまする〟」アリソンは無意識にサロメの言葉をつぶやいた。

「おかしなことを言うんだな」

「でも、本当なのよ」アリソンは言い返した。ほほえみながら手を伸ばし、白いものが交じり始めた彼のこめかみの髪を指先で撫でる。「これからは谷に笑い声がこだまする。そして、それはこれからずっと続くのよ」

ダークの官能的な唇の下でアリソンの唇が開いた。体に触れる彼の手に合わせて血流がシンフォニーを奏でる。彼の指がブラウスの下にある胸のふくらみをかすめ、シンフォニーはさらに高まっていく。

「何してるの？」

ファーディの声に、アリソンを押し流しかけていた透明な喜びの泡がぱちんとはじけた。

「まあ！」アリソンはうめき、ダークの唇から唇を引き離して、ほてった顔を彼の肩に埋めた。

「お母さんと愛し合っているのさ」ダークは厳しく言い聞かせたが、その口調はユーモアを帯びていた。「さあ、出ていきたまえ！」

「ちょっと聞いただけなのに」ファーディは怒って言うと、父親そっくりに顔をしかめて居間から出ていった。だが、ドア口を出る前に腹立ち紛れの声が聞こえた。「大人たちって、おかしな時間におかしなことをするなあ」

アリソンがダークのハンサムな顔を見上げ、哀れむような笑みをたたえた目で見つめると、彼の顔にいらだちとユーモアがよぎった。

「たしかに今は、妻と愛し合うのにふさわしい時間でも場所でもないな。災難に遭ったばかりのきみがゆっくり休んでからでも遅くはない」

ダークはアリソンの手を取って一緒に立ち上がった。官能的な目にじっと見つめられ、アリソンの顔がますます赤くなる。彼女の開いた唇は、まるで無意識に誘いかけているようで、ダークは息をすっと吸い込むと、彼女を腕の中に引き戻して唇を重ねた。

ふたりがようやくファーディを探しに屋敷を出たのは、それから数分後のことだった。ダークに肩を抱かれて歩きながら、アリソンは、まるで地に足が着いていないような気がした。

イヴェットはそれからもダークを頼り続けたが、アリソンが戻ってきたことを理解してからは、ボルドーへの訪問はずいぶん減った。そのあいだにアリソンはダークの計り知れない愛情を疑いなく信じるようになった。

その夏のある夜、アリソンはふたりの復縁がもたらしたすばらしい結果を彼に伝えた。妻の中で新しい命が育ち始めたことを知って狂喜したダークの顔を、アリソンは生涯忘れないだろう。ダークは自分で言っていたように、めったに感情を口にしないが、言葉にする必要がないくらい、彼の行動は雄弁だった。

●本書は2016年6月に小社より刊行された作品を文庫化したものです。

富豪の館
2025年1月1日発行　第1刷

著　者　イヴォンヌ・ウィタル

訳　者　泉　智子（いずみ　ともこ）

発行人　鈴木幸辰

発行所　株式会社ハーパーコリンズ・ジャパン
東京都千代田区大手町1-5-1
04-2951-2000（注文）
0570-008091（読者サービス係）

印刷・製本　中央精版印刷株式会社

定価はカバーに表示してあります。

この書籍の本文は環境対応型の植物油インクを使用して印刷しています。

Printed in Japan © K.K. HarperCollins Japan 2025 ISBN978-4-596-72068-9

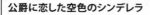

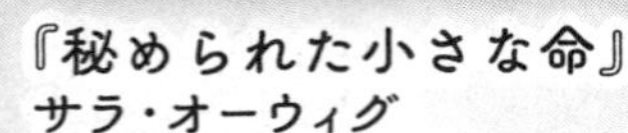